Hallo,
ich bin der *Erich!*

ERICH SCHLEYER

Hallo, ich bin der *Erich!*

GESCHICHTEN ZUM
VORLESEN, LESEN
UND HÖREN

echomedia

Inhalt

Inhalt zum Hören

„Lesen ist ein Kulturverhalten,
das in der Familie entsteht.
Wenn Kindern daheim vorgelesen wird,
wenn Geschichten erzählt werden,
springt der Funke auf die Kinder über!"

„Hallo, ich bin der Erich!“

Mit diesen Worten hat Erich Schleyer sehr gerne seine Veranstaltungen begonnen.

Erich Schleyer, für viele der Inbegriff des Geschichtenerzählers, war ein vielseitiger und begeisterungsfähiger Künstler: Inspirieren ließ er sich von alltäglichen Begegnungen mit Menschen, aber auch auf seinen vielen Reisen. Die Freude am Leben stand bei ihm immer im Vordergrund, und das spürten die Menschen um ihn herum.

Als Schauspieler, Autor und Fernsehmoderator zog er Generationen von Menschen in seinen Bann, sein künstlerisches Herz aber gehörte den Kindern. Für sie schrieb er spannende Geschichten voller Humor und Fantasie, in denen er oft ernste Themen unserer Zeit behandelte, aber nie mit erhobenem Zeigefinger.

Mit seinem Geschichtenkoffer und farbenfrohen Kostümen eröffnete er vielen Kindern den Zauber der Bühne. Und sein Auftritt als Frank N. Furter in der *Rocky Horror Picture Show* am Wiener Schauspielhaus ist legendär.

Mit den Geschichten in diesem Buch sowie Momentaufnahmen aus seinem Leben auf der Bühne möchten wir an einen großen Humanisten erinnern, an einen Künstler, der mit seinem Wirken vielen Menschen Freude bereitet und sie auch zum Nachdenken angeregt hat!

Werner Brunner
Herausgeber

„Heimat ist dort,
wo die Menschen sind, die ich
besonders mag!"

„Über Nachbarn, ach, da könnte man so einiges erzählen …“

Mit diesem Zitat bei meinem Geburtstagsfest brachte Erich Schleyer das Publikum einmal zum Schmunzeln. Wir alle werden Erich als Künstler, Schauspieler, Geschichtenerzähler, Fotograf, Autor, Moderator und Journalist immer in lieber Erinnerung behalten.

Schon früh habe ich ihn bewundert, im legendären *Erichs Chaos* gemeinsam mit Gusti Wolf im Fernsehen, oder als beeindruckend großer Zirkusdirektor bei *ATA – Artisten, Tiere, Attraktionen* live in der Zirkusmanege. Erstmals getroffen haben wir einander in den 90ern in den Gängen des ORF-Zentrums. Ich, als junger Kollege, er – das Vorbild. So durfte ich ihn kennen und schätzen lernen. Ich liebe sein Kinderbuch *Die Katze Nora*, in dem er schon 1986 mit besonderen Zeilen aufhorchen ließ. Dort klagt die arme Henne in der Legebatterie: „Mein Eierlegloch ist schon wund. Ach könnt' mich hör'n der Tierschutzbund.“

Erich war überall, und immer mit ganzem Herzen. Am liebsten stand er vor seinem Publikum, ob Klein oder Groß. Ich erinnere mich auch an faszinierende Theaterabende mit ihm in bedeutenden Rollen: im Akademietheater, in der Josefstadt, im Volkstheater. Als zufällig die Wohnung neben mir frei wurde und Erich eine neue Bleibe suchte, zog er dann ein. Es entwickelte sich eine große und tiefe Freundschaft, bei der wir mal bei ihm zwischen zahlreichen Kunstwerken, mal bei mir saßen und plauderten. Erich war nicht nur sprichwörtlich ein ganz „Großer“!

Robert Steiner

Familiy Entertainer, Freund und Nachbar

Hallo, ich bin der Erich!

Ich muss euch unbedingt erzählen, was ich auf dem Marktplatz erlebt habe:
„Abends bei Sonnenuntergang treffen auf dem Marktplatz die Menschen zusammen, um alles zu besprechen, was der Tag gebracht hat. Sie schwatzen, lachen, streiten, singen, tanzen, bereden alle wichtigen und unwichtigen Neuigkeiten. Oft fragen sie mich: ‚Gibt's was Neues? Erzähl' uns eine Geschichte!' Und ich habe erzählt."

Der Geschichtenerzähler

Ein Geschichtenerzähler schläft nicht gerne, denn wenn es Abend wird, die Sonne gerade verschwunden ist, kommt die blaue Stunde.

In der blauen Stunde steigen Geschichten auf, überall!

Aus den grünen Wiesen lugen sie hervor, kriechen aus den dunklen Höhlen, entfalten sich aus den Blättern der Bäume, drücken sich aus den Steinen der Felsen und blubbern sogar wie Luftblasen aus dem Meer. Und sie fliegen durch die Lüfte, denn der Wind bringt sie überall hin.

In dieser Stunde öffnet der Geschichtenerzähler seine Gedankenwelt und knüpft schnell und sehr geschickt leise seine Neugier zu einem großen Netz zusammen, um viele Geschichten damit einzufangen.

Er muss schnell sein, denn die Geschichten verschwinden auch gerne wieder ganz schnell, wie Träume, die du am Morgen vergessen hast.

Aber einmal im Gedankennetz eingefangen, kann der Geschichtenerzähler sie sicher verstauen! Natürlich sehr geheim in seinem Gedankenbuch.

Wenn er dann zu Kindern kommt, die gerne Geschichten hören, schlägt er sein Gedankenbuch auf und liest sie vor. Na ja – lesen – er braucht dazu keine Brille. Er muss sie nur finden.

In seinem Kopf schwirren sie gerne ganz schön durcheinander. Sie drängeln sich auch oft nach draußen, wollen als erste erzählt werden.

Dann muss der Geschichtenerzähler immer sehr aufpassen, dass er sie nicht durcheinandermischt, denn die eingefangenen Geschichten sind sehr lebendig und springen in seinem Kopf hin und her und rauf und runter.
Deshalb habe ich sie jetzt in dem Buch aufgeschrieben, langsam und hintereinander.
Aber ich bin sicher, beim Lesen fangen einige Geschichten wieder an zu leben, sie springen in der Fantasie lebendig herum. Aber man muss keine Angst haben, sie beißen auch nicht.
Sie wollen nur richtig verstanden werden.
Also so richtig, wie man sie lebendig werden lässt.

Die Stadt der Lach- und Weingesichter

Ein kleiner Junge stürzte beim Spielen von einer Mauer!
„Aua, Papi, meine Knie, aua!“, schrie er laut auf.
Der Vater eilte herbei, bekam einen großen Schreck, als er sein Kind mit dem blutenden Knie liegen sah.
Aber plötzlich wurde er wütend und schimpfte:
„Steh sofort auf! Hör auf zu heulen wie ein kleines dummes Mädchen, Jungen tun so etwas nicht. Hör auf, sonst wirst du kein richtiger Mann!“
Er packte den Jungen beim Ohr und zerrte ihn nach Hause.
Zur gleichen Zeit lachte und quietschte ein kleines Mädchen laut los. Es rutschte auf dem Hintern die Steinstufen zum Marktplatz hinunter, und das machte ihr großen Spaß! Immer wieder ging sie die Stufen nach oben und rutschte dann wieder hinunter.
Da eilte die Mutter herbei und schimpfte wütend:
„Steh sofort auf! Hör auf zu lachen wie ein frecher, dummer Junge. Mädchen tun so etwas nicht! Hör auf, sonst wirst du keine anständige Frau.“
Sie packte das Mädchen am Ohr und zerrte es nach Hause.
„Kinder, wenn ihr uns weiter vor allen Nachbarn blamiert, schicken wir euch in ein Heim“, schimpften sie zu Hause.
Der Junge bekam Angst, hörte auf zu weinen.
Das Mädchen bekam Angst, hörte auf zu lachen.
Nachts, als sie schliefen, flogen das Weingesicht des Jungen und das Lachgesicht des Mädchens davon!
Sie flogen weit weg, in eine seltsame Stadt.
In dieser Stadt lebten auf der einen Seite nur Lach-

gesichter und auf der anderen nur Weingesichter. Beide Seiten waren zerstritten, hatten eine Mauer gebaut und keiner konnte den anderen besuchen.
Auf der Lachgesichter-Seite wurde gelacht, gewiehert und gejuchzt. Das klang so laut, dass man eine Schallschutzmauer errichtete.
Auf der Weingesichter-Seite wurde geweint, gewimmert und geschluchzt. Die Tränen flossen in Strömen. Man baute Tränenabflusskanäle, um nicht dauernd nasse Füße zu bekommen.

Sie konnten sich nicht leiden, hassten sich, beide Seiten erließen Gesetze.
Auf der Lachgesichter-Seite lautete das Gesetz:
„Wer traurig schaut oder sogar heult, kommt in die Lachmaschine, bis er lacht!"
Auf der Weingesichter-Seite lautete das Gesetz:
„Wer lächelt oder sogar laut lacht, wird in den Tränenkanälen untergetaucht!"
So hatten alle Angst voreinander!
Eines Tages fand auf der Lachgesichter-Seite ein großes Fest statt. Da spielten fünf Lachkapellen lustige Lieder und zum Tanz auf.
Das klang schön und war richtig laut, ein Weingesicht hörte es und sagte zu sich:
„Ich möchte so gerne sehen, wie dort gefeiert wird!"
Aber es hatte Angst vor der Lachmaschine!
Das Fest dauerte drei Tage lang.
Die Musik und das Lachen wurden immer lauter.
Das Weingesicht sprang vor Neugier hin und her.

„Ich bastle mir eine Lachmaske“, rief es plötzlich, „setze sie auf, dann erkennt mich niemand!“
Gesagt, getan! Schnell war aus Pappe und Farbe die Maske gebastelt. Durch ein Loch in der Mauer kroch das Weingesicht hinüber zur Lachgesichter-Seite.
Niemand erkannte es unter der Maske.
„Wow!“, was war das für ein lustiges Lachfest!
Kaum hatte das Weingesicht unter der Maske ein paar Hopser gemacht, stand es vor einer Runde dicker, fetter Lacher, die gerade mit hochrotem Gesicht laut losbrüllten: „Ho, ho, ho! Ha, ha, ha!“
Das Weingesicht erschrak, rannte aber nicht weg.
Und da lächelte sich ein fieser, verlogener, überheblicher Lächler heran.
Das Weingesicht drehte sich um. Es wollte wieder nach Hause! Der fiese Lächler packte es am Arm und zerrte es auf die Tanzfläche. Eine Runde nach der anderen musste es mit ihm tanzen. Es war sehr unangenehm, fast wären dem Weingesicht die Tränen gekommen.
Da sah es ein Lächelgesicht.
Das war so schön wie ein Engel.
Das Weingesicht riss sich los und rannte, so schnell es konnte, zu dem Lächelgesicht.
Im Laufen aber rutschte die Maske herunter und fiel zu Boden.
Das Gesicht stand ganz nackt da als Weingesicht!
Das Lächelgesicht erschrak, rannte aber nicht weg.
„Wer bist du denn?“, fragte es erstaunt.
„Ich bin Heul-Heul, ein Weingesicht.“
„Ich bin Lachi, ein Lachgesicht.“

Sie schauten sich an, noch nie hatte Lachi ein Weingesicht gesehen.
Noch nie hatte Heul-Heul ein Lachgesicht gesehen!
„Woher kommst du?“, fragte Lachi und lächelte.
„Ich komme von drüben, dem anderen Teil der Stadt“, antwortete Heul-Heul mutig.
Sie sahen sich in die Augen und waren sofort ineinander verliebt.
Ihre Augen begannen vor Liebe fast zu rollen, dann gaben sie sich einen Kuss!
„Was will dieser Heuler hier?“, schrien die Lachgesichter auf, die diese Schmuserei mit angesehen hatten.
Sie rissen Lachi und Heul-Heul auseinander.
„Steckt ihn in die Lachmaschine, bis er sich totlacht!“
„Halt, halt“, sagte der fiese Lächler, „wollen wir der Heulboje nicht das Lachen beibringen?“
Alle waren einverstanden und begannen Heul-Heul zu kitzeln. Heul-Heul weinte laut auf, konnte als Weingesicht ja nicht lachen.
Die Lachgesichter wurden wütend. Sie zogen Heul-Heul die Schuhe und Strümpfe aus, bestreuten die Fußsohlen mit Salz und holten eine Ziege, die das Salz mit großem Vergnügen ableckte.
Das kitzelte so sehr, dass Heul-Heul vor Schmerzen zu Boden fiel und fast tot war.
Als Lachi das gesehen hatte, kroch sie heimlich zu den Weingesichtern und rief um Hilfe: „Helft, helft! Heul-Heul wird sonst zu Tode gekitzelt!“
Kaum hatten die Weingesichter Lachi erblickt, da ging hier das Gekreische und Geheule los.

„Was will dieser dreckige Lachsack hier!?“
„Ertränkt ihn im Tränenmeer!“
„Raus hier, er macht sich über uns lustig!“
„Halt, halt,“, heulte eine schmierige Stimme.
Es war eine miese, schleimige Tränendrüse.
„Wollen wir dieses dumme Lachgesicht nicht zum Heulen und Jammern bringen?“
Alle waren einverstanden. Sie stürzten sich auf Lachi und stupsten, knufften und traten fest zu!
„Ha, ha, ha, aufhören!“, lachte Lachi verzweifelt. Sie konnte nicht weinen, war ja ein Lachgesicht.
Da wurden die Weingesichter immer wütender.
Sie fletschten die Zähne und bissen Lachi.
Sie fiel zu Boden und war fast tot.
Die Kunde vom Tod der beiden verbreitete sich so schnell wie der Wind.
„Wie konnte das nur geschehen?!“
Alle waren erschrocken: „Das wollten wir nicht!“
Die verfeindeten Seiten begannen wieder miteinander zu reden. Sie legten Lachi und Heul-Heul auf Bahren und trugen sie in eine Kirche.
Das älteste Weingesicht und das älteste Lachgesicht versprachen, als sie sich die Hände gaben, nie wieder zu töten, nur weil jemand anders ist!
„Das Schönste auf unserer Welt ist doch das Anderssein der anderen Menschen!“
Als sie den Schwur getan hatten, schlugen sie mit großen Hämmern die trennende Mauer ein.
Lachi und Heul-Heul wachten dabei auf und sagten: „Wir sind gar nicht tot, wir waren nur aus Angst in Ohnmacht

gefallen. Da wir hier in einer Kirche sind, wollen wir auch gleich heiraten!“
Sie wurden getraut.
Als sie sich den Hochzeitskuss gaben, konnte man sehen, wie aus dem Lachgesicht und dem Weingesicht wieder ein Gesicht wurde, wie Heul- Heul zu lächeln anfing und Lachi eine Glücksträne herabrollte.

Von diesem Tag an verbot kein Vater mehr seinem Sohn das Weinen und keine Mutter mehr ihrer Tochter das Lachen.

Bäcker-Meister Backmehl

Es war einmal ein Bäcker, der hieß Bäcker-Meister Backmehl.
Jede Nacht backte er die knusprigsten Semmeln, Brezeln und Brote der Stadt.
Wenn die Sonne die ersten Strahlen zur Erde sandte, lagen sie schon in den Regalen und leuchteten goldgelb auf.
Stolz rutschten, wackelten sie in den Regalen und plauderten und plapperten, bis sie verkauft wurden.
„Wir sind die besten Semmeln der Stadt und jeder isst uns gern."
Meister Backmehl wurde es schon zu viel und er rief dazwischen. „Ja, ja, ja, und jetzt seid still!"
In dem Moment kam Frau Unüberlegt in den Laden, kaufte 23 Semmeln. Bezahlte und strich sie mit dem rechten Unterarm über den Ladentisch in ein Plastiksackerl.
Meister Backmehl hielt seine Papiertüte in der Hand, aber Frau Unüberlegt war schon wieder aus dem Laden verschwunden.
Auf dem Heimweg sprangen die Semmeln auf einmal in der Plastiktüte herum und schimpften:
„Holen Sie uns sofort wieder heraus. In einer Plastiktüte werden wir ganz weich und matschig!"
„Haltet die Klappe!", schimpfte die Frau Unüberlegt zurück, „wenn ihr matschig seid, haue ich euch auf den Mist. Und jetzt ist Ruhe!"
Zu Hause schnitt sie jede einzelne Semmel auf und bestrich sie mit guter, reiner Markenbutter.

Stück für Stück! Dreiundzwanzigmal!
Dann legte sie eine Scheibe Schinken, eine Scheibe Wurst und eine Scheibe Käse hinein, nahm Ketchup und spritzte es darüber. Sie überlegte kurz.
„Meine Kinder sollen schnell groß und stark werden!", sagte sie und legte noch mal eine Scheibe Schinken, eine Scheibe Wurst, eine Scheibe Käse in die Semmel und spritzte noch mehr Ketchup darauf. Dreiundzwanzigmal.
„Bläh!", stöhnten die Semmeln auf, „uns wird schlecht! Bläh, da ist viel zu viel drauf!"
Frau Unüberlegt hörte gar nicht zu, rief ihre zwei Buben, warf die belegten Semmeln in das nächste Plastiksackerl und sagte zu ihnen:
„Nehmt das mit in die Schule, esst alles auf und bringt mir ja keine Semmel wieder mit nach Hause! Hier habt ihr noch fünf Euro. Kauft was zum Trinken – Milch!"
„Ja, ja!", antworteten die Kinder und gingen in die Schule. Dort schulten sie ein paar Stunden.
Als es aber zur Pause läutete, sprangen sie auf und rannten zu „Leck-Monald".
Dort kauften sie ein Häckmack, das schmeckte ihnen immer besonders gut.
Niemand wusste genau, woraus es gemacht war.
Es war so weich, man konnte die Zähne beim Essen schonen. Kaum hatten sie es verdrückt, war die Pause auch schon zu Ende.
Die Kinder schulten noch ein paar Stunden weiter.
Klingel! Aus! Schulschluss!
Fröhlich hüpfend nahm jeder sein Handy heraus und machte sich auf den Heimweg.

Erst jetzt dachten sie wieder an die belegten Semmeln, die ihre Mutter ihnen mitgegeben hatte.
Auf einmal stoppten die beiden Buben von Frau Unüberlegt: „Wir dürfen keine Semmel wieder mit nach Hause bringen!“
Im hohen Bogen warfen sie das Essen in den Mistkübel!
„Patsch!“
„Autsch! Was ist passiert?“, schrien einige Semmeln auf.
„Wir sind soeben im Mist gelandet!“, empörten sich andere.
„Unverschämtheit!“
Weiter konnten sie nicht sprechen, eine Zeitung flog in den Abfalleimer.
„Jetzt wird es auch noch dunkel“, riefen einige Semmeln ängstlich.
Der Abfalleimer füllte sich immer mehr.
Bierdosen, angebissene Äpfel, Straßendreck und eine noch brennende Zigarette flogen in den Mistkübel.
Und schon brannte sie ein Loch in die Zeitung, dann fiel sie auf die Plastiktüte und verbrannte eine kleine Semmel.
„Jetzt werden wir auch noch verbrannt!“, weinte sie auf!
Das war einer dicken, prallen Semmel zu viel, sie blickte nach oben, wollte den Semmelgott um Hilfe anflehen, da las sie in der Zeitung über ihr: „Vielen Menschen geht es schlecht! Sie haben nichts zu essen!“
Im Mistkübel wurde es still. Ganz erschrocken schwiegen alle!
„Wir müssen zu den Menschen, die uns brauchen!“, riefen sie.

Aber keiner wusste, wie sie dort hingelangen können.
In der Zwischenzeit füllte sich der Abfalleimer immer mehr, Brezeln, Brote, Kaugummi, angefressene Würste, leere Flaschen, Hundemist und vieles mehr flog herein.
„Hatschi, hatschi!“ Auf einmal hörten die Semmeln: „Hach, wie geht es mir gut! Hatschi! Huch, was habe ich für einen herrlichen Schnupfen!“
Ein voll geschnupftes Papiertaschentuch segelte tropfend in den Mistkübel.
Die kleine Semmel, die schon von der Zigarette etwas verbrannt worden war, wollte sich gerade noch auf die Seite drücken, aber schon: „Hatschi!“ sie bekam vom Papiertaschentuch eine nasse Ladung ab.
„Hatschi!“, rief das Taschentuch noch mal.
„Hatschi!“, musste die kleine Semmel plötzlich auch niesen und klappte dabei die untere und obere Semmelhälfte ganz schnell auf und zu und konnte durch den Niesschwung ein Stückchen durch die Luft fliegen.
Eine Scheibe Brot, die das sah, hatte eine Blitzidee und rief in den Abfalleimer hinunter: „Ich weiß, wie wir zu den Menschen, die Hunger haben, kommen können. Wir müssen fliegen lernen!“
Nun drängelten sich alle nach oben und wollten wissen, wie das funktionieren kann. Da sahen sie die fliegende Niessemmel.
„Wenn wir Schnupfen haben, darf man uns nicht essen“, mahnte Frau Klug-Semmel.
„Da werden wir eben das Fliegen anders erlernen!“, antwortete eine Scheibe Brot. Sie bog sich hin und her, auf und nieder!

Und sie erlernte das Fliegen!
Sogar die in sich verschlungenen Brezeln erlernten es, sie entbrezelten sich.
Und wie Aale im Wasser durch Schlangenbewegungen schwimmen können, flogen nun die Brezeln durch die Luft. Die Flieg-Flug-Idee verbreitete sich wie der Wind in der Stadt.
Am Abend konnten schon ganz viele fliegen!
Aus allen Mistkübeln, allen Großcontainern der Supermärkte, allen Haushaltskübeln stieg das weggeworfene Essen in den Himmel auf.
Und sie schrieben Plakate:

SEMMELN – BREZELN – BROTE – ALLER ABFALLEIMER, VEREINIGT EUCH! FLIEGT MIT!

Am nächsten Morgen kam Frau Unüberlegt wieder zu Meister Backmehl.
Sie kaufte, wie jeden Morgen, dreiundzwanzig Semmeln, strich sie mit dem rechten Arm über den Ladentisch in ein Plastiksackerl und bezahlte.
Aber da sprangen die Semmeln wieder heraus, rasten durch die offen stehende Tür und schossen nach oben in den Himmel.
Im Davonfliegen riefen sie: „Sag deinen Kindern, wir wollen nicht mehr weggeworfen werden!"
Frau Unüberlegt bekam einen Schreck und eilte hinterher.
Draußen auf der Straße sah sie zum Himmel.
Wie sie nach oben schaute, sah sie alles weggeworfene Essen über der Stadt fliegen.

Der Himmel verdunkelte sich sogar, so viel hatte man weggeschmissen.
Erschrocken liefen viele Menschen auf die Straße und sahen sich das an!
Sie wurden sehr ernst.
Frau Unüberlegt sagte: „Was kann man nur tun?“
Da sagte der Erzähler: „Die Frage ist nicht richtig gestellt. Sie muss heißen: ‚was kann ich tun?‘“
Danach packte der Erzähler seine Sachen und ging!
Er wusste nur so viel, dass jeder sich ändern muss!

Die Geschichte von Fritz Besondersschön

Es war einmal ein Mann, der hieß Herr Ohnemich.
Er stand den ganzen Tag vor dem Spiegel und jammerte: „Ach, was habe ich für einen hässlichen Körper. Meine Nase ist so dick und gebogen wie bei einem Nashorn. Meine Ohren so groß wie Elefantenohren, die Beine so dünn wie Stecken und mein Bauch, ach, ach wie ein dickes Fass."
Er jammerte und jammerte, warum sehe ich nur so hässlich aus, trat näher an den Spiegel, drehte sich nach links, drehte sich nach rechts und fotografierte sich dabei, machte viele „ Selfies" !
Dann jammerte er noch lauter und immer mehr, ja so laut, bis es seiner guten Fee zu viel wurde.
Wütend flog sie zu Herrn Ohnemich und tobte:
„Ohne mich!!! Hör auf, so blöde Fotos von dir zu schießen und ins Internet zu stellen! Und hör sofort auf zu jammern! Du machst uns alle ganz verrückt. Der Internet-Himmel braucht Ruhe!!!"
„Aber ich bin doch so ... hässlich!", heulte er laut auf.
Da schrie ihn die Fee mit hoher, schriller Stimme an:
„Gut! Ja, gut, ich gebe dir drei Wünsche! Dreimal darfst du dir wünschen, wie du aussehen möchtest! Aber denke nach, bevor du deine Wünsche aussprichst! Und höre sofort auf, so viele Fotos ins Internet zu stellen, das Internet platzt schon!"
Herr Ohnemich versprach es ihr.
Die Fee machte sich unsichtbar, flog davon und hatte endlich Ruhe!

Herr Ohnemich ging zum Spiegel, drehte sich nach links und drehte sich nach rechts.
„Wie will ich aussehen?“, fragte er sich.
Er überlegte und überlegte, aber es fiel ihm nichts ein, wie er aussehen wollte.
Er nahm seinen Laptop und schaute ins Internet. Öffnete viele Apps:
„Der schöne Mensch!“
Sein Laptop zeigte ihm Fotos und Fotos, immer mehr und immer schneller! „Schön sein – ein Leben lang!“
Herr Ohnemich sah sich alles an, mal einen Muskelprotz aus dem Gym, ein andermal einen dünnen Marathonläufer, dann elegante Herren im feinen Anzug oder Hipster mit Bart, Surferboys, Beachboys, Sixpack-Männer und viele mehr ...!
„Ihh, ahh, uhh!...“, stöhnte Herr Ohnemich auf, „so will ich aber nicht aussehen!“
Langsam wurde er ganz wirr im Kopf.
„Schluss damit, aus!“, rief er und schaltete den Laptop aus.
Er ging zu seinem Bücherschrank und blätterte in vielen Büchern.
„Essen leicht gemacht – Gemüse für Ihre Schlankheit!“
Neugierig blätterte er weiter und las den Satz:
„Schön wie der Frühling!“
„Ja, ja!“, rief er begeistert, „das ist es. Ich will schön wie der junge Frühling aussehen!“
Kaum hatte er das ausgesprochen, schon verwandelte sich sein Körper in ein seltsames Wesen.
Sein Kopf wurde zu einem grünen Kopfsalat.
Seine Augen zu frischen, roten Radieschen.

Seine Nase verwandelte sich in eine gelbe Banane.
Seine Ohren in zwei Austernpilze. Seine Beine waren zwei herrlich grüne und dünne Salatgurken und seine Füße wurden zu frischen Erdäpfeln.
Sein ganzer Körper war über und über mit feinsten Kräutern bedeckt.„Jetzt bin ich schön wie der junge Frühling", jubelte Herr Ohnemich und ging auf die Straße.
Er hopste, so gut es mit den Gurkenbeinen ging, durch die Menschenmenge.
Auf einmal blieben die Menschen stehen und staunten: „Dieser Mensch sieht ja sonderbar aus!", riefen sie.
Sie zückten ihre Handys und fotografierten Herrn Ohnemich.
Erst dann, als sie die Fotos anschauten, erkannten sie den Kopfsalat, die Radieschen, Gurken und Kräuter und die Kartoffelfüße.
„Das ist ja ein lebender Gemüsegarten!", riefen sie, „fangt ihn, aus ihm machen wir einen riesigen Salat!"
Als Ohnemich das hörte, bekam er Angst und rannte so schnell es ging auf seinen Kartoffelfüßen nach Hause.
Er zitterte, schluchzte:
„Ich will nicht mehr aussehen wie der junge Frühling!"
Und das war auch schon der zweite Wunsch!
Er hatte ihn ganz unüberlegt ausgesprochen und sah jetzt wieder aus wie früher.
Mit Fassbauch und ganz dünnen Beinen.
Plötzlich hörte er, wie viele Menschen an seine Haustür klopften: „Wir wollen aus dir Salat machen! Wir wollen dich essen! Wo bist du, Salatmann!", riefen sie immer lauter!

Herr Ohnemich bekam Angst und murmelte:
„Am liebsten wäre ich ein Vogel, da könnte ich weit wegfliegen!"
Und das war auch schon der dritte Wunsch.
Kaum hatte er den dritten Wunsch ausgesprochen, wurde aus seiner Nase ein spitzer Schnabel, seine Arme verwandelten sich zu zwei Federflügeln und die Beine zu Vogelkrallen.
Die Menschen klopften immer lauter an seine Haustür.
Er öffnete schnell das Fenster, schlug ein paarmal mit den Arm-Flügeln und flog davon.
Er kreiste ein paar Runden hoch über der Stadt.
„Seht, was für ein seltsamer großer Vogel!", riefen die Menschen, blieben stehen und gafften in den Himmel. Und machten viele Fotos.
Aber Herrn Ohnemich strengte das Fliegen noch etwas an, er suchte einen Baum und setzte sich auf einen Ast.
Da kam auch schon die Feuerwehr, und ehe er sich's versah, fingen sie ihn mit einem Netz ein und steckten ihn in den Zoo – in einen Käfig!

„Ich bin doch der Ohnemich", kreischte er, „lasst mich raus!"
Viele Kinder kamen und bestaunten den super-großen Vogel.
„Ich bin doch der Herr Ohnemich", kreischte er immer wieder.
„Lasst mich raus!"
Als die Kinder ihn sprechen hörten, klatschten sie Beifall und jubelten:

„Wir haben einen Wundervogel! Er kann sogar sprechen!"
Sie machten viele Fotos.
Die schickten sie sofort an alle Freunde.
Die Fotos standen nun im Internet und waren überall auf der Welt zu sehen.
Herrn Ohnemich aber ging es immer schlechter.
Keiner bemerkte es, sie fotografierten und fotografierten ihn.
Einmal schimpfend und flatternd gegen die harten Käfigstäbe, ein andermal weinend, ganz traurig in einer Ecke sitzend.
Immer mehr Besucher kamen!
Alle wollten den seltsamen großen, sprechenden Vogel sehen.
Immer mehr Fotos wurden durchs Internet gejagt.
Der Zoodirektor öffnete sogar nachts die Zootüren, damit ihn noch mehr Menschen sehen konnten.
Die Menschen fotografierten ihn und riefen frech:
„Vogel schau hierher ! Nein, schau zu mir her!"
Er sah jämmerlich und armselig aus.
Sie machten Videos und lachten, wenn er weinend kreischte:
„Ich bin doch der Herr Ohnemich! Lasst mich raus!"

Alle Fotos und Videos wurden auch in der Fee-Internet-Zentrale gesehen und gespeichert.
Herrn Ohnemichs Fee war erschüttert:
„Die fotografieren ihn ja noch zu Tode", dachte sie und flog in den Zoo.

Sie blieb für alle Zoobesucher unsichtbar. Nur Herr Ohnemich sah sie.
„Du hattest drei Wünsche, du hast alle leichtsinnig versemmelt!“, flüsterte sie Ohnemich ins Ohr.
„Ich kann diese schrecklichen Bilder im Internet nicht löschen, aber ich werde dich befreien und zurückverwandeln. Wenn du mir versprichst, nicht mehr zu jammern, und auch keine Selfies mehr machst!“
„Versprochen!“, antwortete er mit dem ehrlichsten Klang in der Stimme, den er herausbrachte.
Eine Sekunde später war er wieder zu Hause.
Vorsichtig ging er zum Spiegel.
Er betrachtete sich von allen Seiten, dann fing er an zu lächeln und sagte:
„Eigentlich ist meine Nase sehr schön, sie ist gebogen, und so große Ohren wie ich hat auch kaum jemand. Mein Bauch ist rund wie eine Kugel und die Beine sind dünn, aber gerade.“
Er löschte alle alten Fotos, legte das Handy zur Seite.
Und von diesem Tage an konnte er sich recht gut leiden!
Er nannte sich ab jetzt Fritz Besondersschön.

Die unglaublichen Geschichten des Herrn Unmäßig

Es war einmal ein Mann, der hieß Herr Unmäßig.
Er hieß deshalb Herr Unmäßig, weil er alles zu viel und zu unmäßig machte.
Sein unmäßiges Verhalten trieb ihn manchmal sogar so weit, dass er plötzlich in eine Konditorei ging und für 1000 Euro Süßigkeiten kaufte.
Cremeschnitten mit Nüssen und Kakao, kleine, süße Häppchen, farbige Schmetterlinge aus Marzipan, Nusshörnchen, Kuchen am Stiel und auf der Zunge schmelzende Schokoladenpralinen.
Er bezahlte 999 Euro dafür, nahm das Wechselgeld und ging mit 21 Päckchen feinsten Gebäcks nach Hause.
Zu Hause rief er:
„Bea ich habe etwas Süßes für dich mitgebracht!"
„Oh, schön", rief sie aus dem Wohnzimmer. „Du bist ein Schatz, ich liebe süße Torten. Ich mache Tee! Stell es bitte schon auf den Tisch!"
Sie ging in die Küche und stellte den Wasserkocher an. Herr Unmäßig packte inzwischen alles aus, aber der Platz auf dem Tisch reichte nicht aus. Er legte die anderen Päckchen auf das Sofa, die Sessel und den Teppich. Als Bea ins Zimmer kam, fiel sie fast in Ohnmacht.
„Daniel", schrie sie auf, „was hast du gemacht? Alles Geld hast du wieder ausgegeben!"
„Nicht alles", antwortete Daniel und reichte ihr das Wechselgeld hin. Es war ein Euro.

„Ich wollte dir doch eine Freude machen“, sagte er traurig.
„Was soll ich nur mit dir machen“, sagte Bea.
Daniel sah sie treuherzig an.
Bea hatte ein weiches Herz, sie nahm den Euro und streichelte Daniels Wange.
Aber dann holte sie den Früchtetee ins Zimmer und beide begannen die süßen Cremeschnitten zu verdrücken.
Herr Unmäßig aß schon wieder mit beiden Händen, rechts – links –rechts – links, immer schneller stopfte er die süßen Sachen in sich hinein.
Herr Unmäßig hatte gerade seine unmäßig große Futterperiode, seine Fresszeit.
Allein zum Abendessen verschlang er als Vorspeise zwei große Teller voll Kürbiscremesuppe mit steirischem Kernöl, vier Wiener Schnitzel und eine große Schüssel voll Erdäpfelsalat mit roten Zwiebeln und Speck.
Dann legte er schon eine kleine Esspause ein.
Herr Unmäßig stand auf und begann durch die Wohnung zu hüpfen. Er sprang auf und ab , bis das Essen im Magen zusammenrutschte, dabei rülpste er ganz laut.
„Aber Daniel“, empörte sich Bea.
Doch Daniel Unmäßig saß schon wieder am Tisch und verdrückte als Nachtisch drei runde Schweizer Käse mit nicht so großen Löchern, aß ein langes französisches Weißbrot und würzte alles mit Hotketchup.
Darauf bekam er furchtbaren Durst und trank literweise Bier und Limonade, so viel wie er nur schlucken konnte!
Er rief glücklich: „Jetzt bin ich satt!“
Und setzte sich bequem in einen Sessel.
Während Bea den Tisch sauber machte und alle

anderen Süßigkeiten verstaute, versuchte Daniel ein wenig zu ruhen.
Aber auf einmal wurde ihm schlecht!
In seinem Körper brodelte und zischte es. Herr Unmäßig glaubte sogar Stimmen zu hören, die aus seinem Inneren schrien und sich zankten. Immer schlechter fühlte er sich.
Sein Gesicht wurde erst rot, dann grün und dann blass!
Er stöhnte auf: „Bea, mir ist schlecht!"
Und fiel vom Stuhl.
Bea brachte ihm Magenpulver und legte ihn vorsichtig ins Bett. Schwer atmend schlief er ein.
Am nächsten Morgen, als er im Badezimmer vor dem Spiegel stand, wurde ihm wieder schlecht, weil er seinen dicken, runden Bauch sah.
„Beaaaa", rief er, „ich bin zu dick!"
„Dann iss nicht mehr so unmäßig viel!", schimpfte sie zurück.
„Ab heute werde ich überhaupt nichts mehr zu mir nehmen!", antwortete er trotzig.
„Aber Daniel!" Bea kam zu ihm ins Badezimmer und sprach ruhig und vernünftig zu ihm.
„Daniel, du sollst essen und trinken, aber nicht so unmäßig viel!"
Doch Herr Unmäßig aß ab sofort überhaupt nichts mehr.
Er hungerte.
Eine Woche lang!
Dann noch eine Woche!
In der dritten Woche fing er sogar noch an Sport zu treiben, um schneller abzunehmen.
Bea zwang ihn, wenigstens etwas Wasser zu trinken.

Herr Unmäßig war stur, unmäßig stur.
Jeden Tag rannte er durch den Park.
Jogging, Jogging, Jogging!
Jeden Weg entlang. Einhundertmal, zweihundertmal.
Und da, mitten im Rennen, versagten ihm die Beine.
In seinem Körper brodelte und zischte es.
Herr Unmäßig hörte laute Töne! „Was ist nur in mir los?", wunderte er sich ängstlich.
Dabei wurde sein Gesicht rot, dann grün, dann blass und Herr Unmäßig fiel um!
Kalkweiß lag er im Park auf der Erde. Er war vor Schwäche in Ohnmacht gefallen.
In diesem Moment zischten zwei fast durchsichtige Wesen aus seinem Körper.
Das Eine sah wie ein ganz dünner Herr Unmäßig aus und hatte einen riesigen Kopf.
Das andere wie ein ganz dicker Herr Unmäßig mit einem riesigen Bauch.
Beide fingen sofort an zu streiten.
„Siehst du, was du angerichtet hast?", schimpfte das Bauchwesen und färbte sich vor Zorn dunkelrot.
„Deine Schuld, du Dolm!", entgegnete das Kopfwesen kühl.
„Nein, du hast nach den Hungerwochen auch noch den Befehl zum Sporttreiben gegeben. Jetzt haben wir den Salat, unser Körper liegt im Dreck!"
„Salat hätte er essen sollen! Nicht Berge von Fleisch! Ich musste den Befehl zum Abnehmen geben, sonst ...!"
„Was sonst?", wetterte das Bauchwesen, „du willst immer nur befehlen. Machst alles gegen mich. Das lasse ich mir nicht mehr gefallen!"

„Hör auf zu jammern, du Bauch verbrauchst die ganze Körperkraft zum Verdauen der unmäßig hineingestopften Speisen. Du willst immer mehr fressen! Und wenn ich ein Buch lesen möchte, ist unser Körper zu müde und schläft ein! Ich mache das nicht länger mit!“

„Dann hau doch ab!“, brüllte das Bauchwesen.

„Meine Entscheidung ist gefallen“, sprach das Kopfwesen, „ich suche mir einen anderen Körper, heute noch!“

Es schloss die Augen, hob sich selber in die Luft und flog wie eine Seifenblase blau schimmernd aus dem Park hoch in den Himmel in Richtung Westen.

Das Bauchwesen schaute verdutzt hinterher, dann rief es trotzig: „Ich suche mir auch einen anderen Körper!“

Es rappelte sich hoch, hielt mit beiden Händen den dicken Bauch und hoppelte in entgegengesetzter Richtung aus dem Park nach Osten!

Den Körper von Herrn Unmäßig ließen sie einfach auf dem Parkweg liegen.

Die Stunden vergingen.

Als er nach einiger Zeit die Augen aufschlug, beugte sich Bea über ihn.

„Daniel, was ist passiert, ich habe dich überall gesucht. Was machst du nur immer?“

Sie war ganz aufgeregt und fing an zu weinen.

Daniel Unmäßig erkannte sie nicht. Er lallte nicht zusammenhängende Silben.

Sein Körper war wie leer ohne Kopf und Bauch.

Man brachte ihn in ein Krankenhaus und untersuchte den ganzen Körper. Die Ärzte waren verzweifelt. So eine Krankheit kannten sie nicht.

Das Kopf- und das Bauchwesen flogen inzwischen, jedes in seiner Richtung, um die Erde.
Immer wieder baten sie Körper, die ganz freundlich waren und lachten, um Aufnahme.
„Nein“, war die Antwort.
So flogen sie von Dorf zu Dorf! Von Land zu Land! Sie wurden immer schwächer, immer dünner!
„Bitte, wir brauchen einen Körper“, fragten sie immer wieder einzelne menschliche Körper.
„Streithammel, die so unausgeglichen handeln und jeden Körper in gesundheitliche Gefahr bringen, wollen wir nicht!“, waren die Antworten.
Also rasten die beiden luftigen Wesen noch schneller um die Erde und suchten und fragten.
Als sie die Erde umrundet hatten, landeten sie zur gleichen Zeit wieder im Park, wo sie Herrn Unmäßig verlassen hatten.
Sie waren schwach und leise. Das Bauchwesen brüllte nicht mehr und das Kopfwesen war ganz klein geschrumpelt.
„Warum streiten wir uns nur immer?“, flüsterte das Bauchwesen müde.
„Wir wollen ab jetzt nicht mehr so unmäßig reagieren!“, antwortete das Kopfwesen.
Aber wie soll das funktionieren? Beide überlegten eine Weile.
„Ja, wir wollen ab jetzt alles gemeinsam entscheiden!“, nickte das Bauchwesen.
Sie flogen schnell zum Krankenhaus, wo Herr Unmäßig ganz schwach und still im Bett lag.

Bea saß neben ihm und streichelte seine Hand. Sie beobachtete jeden Atemzug von Daniel.
Die beiden Wesen tanzten schwebend über Herrn Unmäßig. Sie drehten ein paar luftige Kreise durch's Zimmer, gaben sich noch mal das Versprechen, alles gemeinsam zu entscheiden. Dann flogen sie noch näher zusammen.
Es sah wie eine luftige Umarmung aus und im nächsten Moment zischten sie auf und waren im Körper von Herrn Unmäßig verschwunden.
Bea hatte von all dem nichts bemerkt. Sie beobachtete nur, dass ihr Mann plötzlich ganz tief Luft holte und entspannt einschlief.
Glücklich schloss sie auch die Augen und schlief ein.

Am nächsten Morgen wachte Herr Unmäßig sehr früh auf. Bea schlief noch fest in ihrem Sessel.
Vorsichtig hob er sie hoch und trug sie nach Hause.
Sie schlief immer noch, sie hatte ja auch die ganze Zeit im Krankenhaus neben ihm gewacht.
„Ich werde ihr eine Freude machen", sagte er leise zu sich und bereitete ein großes Frühstück. Als der Tee und die frischen Semmeln auf dem Tisch standen, bemerkte Herr Unmäßig, dass keine Blumen da waren. Schnell rannte er zu einem Blumenstand.
Auf einmal wurde es ihm ganz heiß und es rauschte und klingelte in seinem Körper. Er hörte Stimmen.
Eine rief: „Kauf den ganzen Blumenstand!"
Die andere: „Nein, nur eine Blume!"
Den ganzen Weg entlang rauschte und zischte es in seinen Ohren.

Aber am Blumenstand angekommen wurde es still und Herr Unmäßig sagte ganz ruhig: „Bitte geben sie mir dreizehn blaue Margeriten!“ Und ging nach Hause.
Zu Hause weckte er Bea mit einem langen „GUTENMORGENAUFWACHKUSS.“
Beide fingen an zu frühstücken.
Her Unmäßig wollte schon wieder mit beiden Händen zugreifen, da rauschte und zischte es wieder in seinem Körper. Aber nur mehr ganz kurz und nicht mehr so laut.
Mit der rechten Hand nahm er eine Buttersemmel mit Marillenmarmelade und führte sie langsam zum Mund.
Plötzlich riss er den Mund weit auf und verschlang sie auf einmal.
„Aber Daniel, nicht so hastig!“, sagte Bea.
Daniel Unmäßig war selber erschrocken. Er wusste nicht, wie das geschehen konnte.

Wir wissen es aber:
Jeder Anfang ist schwer, oder?

Ein Regenwurmbrunnen

Es war einmal ein riesengroßer Garten. Dort wuchsen die schönsten Blumen und es gab auch Obstbäume und Erdfrüchte.

Dort blühten Rosen in allen Farben, Veilchen so blau wie der Himmel, Löwenzahn gelb wie die Sonne und Gras so grün, dass es eine Freude war im Garten spazieren zu gehen.

Sehr oft kam eine Bäuerin, sie erntete im Sommer Erdbeeren so süß wie fruchtige Pralinen, im Herbst rote dicke Tomaten, die nach viel Sonne schmeckten, und bevor der Winter kam Kartoffeln und Rüben.

Alle Menschen, die an diesem Garten vorbeikamen, und hineinsahen, waren erstaunt über die reiche Pracht.

Aber keiner wusste genau, warum in diesem Garten alles so prächtig wuchs.

Nur die Bäuerin und ihr kleiner Enkelsohn Mehmet und natürlich auch die Sonne, die mit ihren Strahlen bis tief unter die Erde schauen konnte, wussten es.

Es waren Regenwürmer.

Der Boden war so fruchtbar, weil viele, viele, viele Regenwürmer dort unten lebten.

Immer wenn die Bäuerin in den Garten kam, sprach sie zu den Regenwürmern:

„Ja, ohne euch würde die Erde bald kalt, hart und ohne Leben sein. Habt ihr den Erdboden heute Nacht kräftig durchbohrt, damit genug Feuchtigkeit aufgenommen werden kann? Meine Bodenverbesserer, ich begrüße euch!“

Sie hatte viele Bücher gelesen und sich sehr mit dem Erdboden beschäftigt, und sie erzählte Mehmet alles:
„Man muss die Erdkruste immer wieder mit organischen Substanzen anreichern, um die Bodenfruchtbarkeit zu erhöhen, aber nicht mit chemischem Dünger, der macht mehr kaputt, als er dem Boden nützt!"
„Die Regenwürmer helfen dabei. Ich danke und verneige mich vor euch!", rief sie plötzlich ganz laut! „Ihr seid die Eingeweide der Erde!"
Jetzt musste Mehmet lachen:
„Omi, Eingeweide haben wir Menschen!"
„Ja, unser Magen", antwortete sie, „unser Magen verdaut die Nahrung, fast alles, was wir essen und trinken, damit wir Kraft haben und gute Laune bekommen! So ähnlich geschieht es auch unter der Erde, Pilze, Spinnen, Insekten, Einzeller und vor Allem auch die Regenwürmer leben dort und machen den Boden fruchtbar, indem sie fressen und verdauen. Das sagte schon vor mehr als zweitausend Jahren der kluge Aristoteles aus Griechenland."
Mehmet hörte schon gar nicht mehr zu. Er rannte einem besonders schönen Schmetterling nach.
„Wusstest du, Mehmet, in einer Handvoll guten Humusbodens gibt es weitaus mehr Lebewesen als Menschen auf der Erde!"
Jetzt erst bemerkte sie, dass ihr Enkelsohn verschwunden war.
Trotzdem sprach die Bäuerin weiter, sie murmelte überhaupt die ganze Zeit, auch wenn sie im Garten allein arbeitete.
„Auch euch Blumen begrüße ich! Habt ihr gut ge-

schlafen?", sagte sie und streichelte eine Blüte. Die Blumen wackelten!
„Nun, dann wünschen wir uns doch einen guten und fruchtbaren Tag."
Dabei lächelte sie still vor sich hin!
Vorsichtig ging sie alle Wege im Garten entlang und passte auf, dass sie auf keinen Käfer oder auf eine Ameise trat. Sie lockerte vorsichtig mit einer Harke aus Holz die Erde um einige Pflanzen herum auf, ging zu den Rosen, holte Regenwasser aus einer Tonne und begoss alles im Garten, was Wasser bedurfte.
„Unser Boden ist die Lebensgrundlage für alle Lebewesen auf der Erde", murmelte sie.
„Papa, heute redet die Frau über uns aber viel!", sagte ein junger Regenwurm.
„Ja, mein Sohn, aber sie singt heute wenigstens nicht!", antwortete der Regenwurmvater.
„Ja, ja!", lachte der Kleine, „ihre Stimme ist so schrill, da bohre ich mich immer gleich weit weg!"
Die Regenwürmer leben in großen Familien. Sie bohren und arbeiten viel und es macht ihnen Spaß.
Keiner verliert ein böses Wort, wenn manchmal ein paar Jungwürmer zu lange schlafen. Zwar klopfen die Opawürmer mit ihren Wurmenden etwas nervös auf kleinste Kieselsteinchen, bis die Jungen endlich wach werden, aber geschimpft wird ganz selten.
Es wird überhaupt nicht viel unter der Erde geredet. Nur wenn es regnet, gibt es immer Spektakel. Da kriechen die Regenwürmer nach oben, ringeln sich und ruhen sich aus, bis es wieder unter der Erde trockener wird.

So vergingen viele Jahre und der Garten wurde immer prächtiger.
Bis die Bäuerin nicht mehr kam. Sie war alt und gebrechlich geworden. Keiner pflegte den Garten mehr.
Langsam wuchs alles zu und verwilderte.
Aber eines Tages geschah etwas Furchtbares!
Riesige Maschinen donnerten über die Erde und rissen sie auf und sie walzten alles platt.
Eine Schnellstraße wurde angelegt und da war der Garten im Weg! Alles wurde zugeteert!
Die Regenwürmer bekamen nicht mehr genug Luft, Licht und Wasser.
Beim Wurmen stießen sie zusammen. Einige wurden ohnmächtig. „Was ist geschehen?“, fragte weinend ein Babywurm.
„Wir müssen weiterziehen“, antwortete ein Feuerwehrwurm. „Hier gibt es bald nichts mehr zum Leben!“
Die Regenwürmer packten die wenigen Sachen und bohrten sich weiter nach links durch.

„Kommt her, Platz ist für alle da!“, sprach ein alter Rotwurm und empfing sie freundlich.
„Es gibt viel für uns zu tun, denn die Erde wird von den Menschen sehr belastet!“
Die geflüchteten Würmer bedankten sich und fingen gleich an zu bohren. Schon bald fühlten sie sich wieder wie zu Hause.
Aber es war nur eine kurze Pause und schon donnerten auch hier riesige Maschinen und machten lauter unheimliche Geräusche!

Dann wurde die Erde wieder aufgerissen und wieder zugeteert. Die Menschen bauten eine Startbahn für den neuen Flughafen.
„Wir kriegen keine Luft mehr!“, stöhnten die einen, „wir sehen nichts!“, die anderen.
Die Regenwürmer waren sehr aufgeregt und zogen wieder weiter. Aber es wurde immer enger unter der Erde.
Es wurde auch immer giftiger.
Ärztewürmer untersuchten den Boden und stellten eine starke Schwefelverseuchung fest.
„Die Menschen müssen verrückt sein!“, schimpfte ein alter dicker Wurm. „Diese Plattfüße, sie zerstören doch ihren eigenen Lebensraum!“
Trotzdem bohrten die Regenwürmer und verdauten so viel und so schnell es nur ging, aber die Erde war nicht mehr gesund.
Viele Würmer wurden krank. Altwürmer blieben vor Erschöpfung liegen.
„Passt gut auf die Erde auf“, warnten sie, „sie darf nicht zugeteert werden von den Lebewesen über uns!“
„Es wird höchste Zeit, dass wir etwas unternehmen!“ Viele Jungwürmer versammelten sich und riefen zu einer großen Demonstration unter der Erde auf.
Alle kamen von nah und fern. Auch die anderen Wesen, die unter der Erde lebten, Einzeller, Spinnen, Insekten, Pilze und natürlich viele Würmer.
Es wurde die größte Versammlung, die es bisher unter der Erde gegeben hatte! Jedes noch vorhandene Luftloch wurde gefüllt. Große Partei-Blöcke bildeten sich.
Spinnen, andere Insekten und Regenwürmer diskutierten

laut! Die farblosen Pilzfäden umspannten die einzelnen Blöcke, damit kein Streit entstand.
Die Einzeller blieben einzeln unter sich!
Trotzdem gründeten sich viele Streit-Parteien.

Die Vereinigung der Kurz- und Dickwürmer beschloss: Alle sollen helfen und ein riesiges Loch buddeln, damit alle zugeteerten und verseuchten Erdteile hineinstürzen.
„Aber das bringt gar nichts!“, wehte die Partei der langfüßigen Spinnen dazwischen, „wir alle sollten die Erde verlassen!“
„Blödsinn, wie denn?“, schimpften die Rotwürmer und klopften wütend mit ihren spitzen Enden in der Erde herum.
Ein alter, blasser und weiser Kompostwurm bat ums Wort: „Freunde, Würmer, Genossen, ich schlage vor, dass wir uns auf unsere Tradition besinnen. Wir haben schon vor Millionen Jahren gebohrt, gewurmt und verdaut. Wir wurden schon vor mehr als zweitausend Jahren heiliggesprochen!“
„Ach, wurmen Sie doch nicht so klug herum!“, riefen junge, smarte Gürtelwürmer. „Wir brauchen einen kreativen Lösungsvorschlag. Deshalb sind wir der Meinung ...“
„Halt!“, platzte jetzt ein Riesenregenwurm laut dazwischen, „unser Job ist es zu fressen, fressen, fressen.“
„Ich brauche nicht so viel zum Fressen“, sagte der zarte Tauwurm, „nicht mehr als mein halbes Körpergewicht.“
„Kleiner, schweig!“ Der Riesenregenwurm wurde richtig aggressiv.
„Ich fresse jeden Tag mehr als mein Körpergewicht und

gebe dadurch der Erde auch viel mehr Nährstoffe zurück, also bin ich auch wertvoller!"

„Brüder, Ruhe!", sprach der Kompostwurm weiter. „Wir wissen alle, dass jeder verschieden ist und einer mal mehr, der andere mal weniger zum Leben braucht. Wir sind alle wichtig. Wir haben eine Lebensaufgabe und in der Gemeinschaft liegt unsere Kraft. Wir sind wahre Kompostiermeister! Wenn wir nicht unserer Aufgabe nachgehen, gerät das System der Erde aus dem Gleichgewicht!"

Sie diskutierten und redeten lang.

Aber endlich kamen sie zu einem Entschluss.

„Wir werden das verdünnte Vorderende unserer Wurmspitzen trainieren, damit unsere Bohrspitzen härter werden. Dann bohren wir Löcher in die zugeteerten Straßen und Plätze. Wir bekommen wieder mehr Luft, Wasser tröpfelt in den Boden, wir können wurmen, bohren und fressen und machen die Erde dadurch wieder fruchtbarer."

„Wasser überflutet dann auch unsere Wohnröhren!", klagte ein Babywurm.

Der Mama-Pappa-Wurm beruhigte sein Baby. „Unsere Wohnröhren sind sicher, mein Kleiner! Wir schleimen doch immer die Röhrenwände ein, das Wasser läuft an uns vorbei und wir bekommen dabei auch noch genug zum Trinken."

Endlich waren alle einverstanden und die Wurmerei unter der Erde nahm ihren Lauf.

Die jungen Ringelwürmer waren begeistert und riefen: „Wir werden Blumensamen der schönsten Blumen der

Welt sammeln und in die gebohrten Löcher setzen. Dann blüht die Erde auch wieder auf."

Und so geschah es.

Plötzlich wuchsen auf Straßen und Plätzen schöne blaue Veilchen, weiße Lilien, roter Mohn und gelbe Sonnenblumen.

Die Menschen wunderten sich.

Sie fuhren plötzlich langsamer die Straßen entlang.

Wo früher der prächtige Garten wuchs, rief eine Frau: „Schau, Mann, so etwas Schönes habe ich ja lange nicht mehr gesehen!"

Sie stiegen aus dem Auto und lächelten. Ein zweites Auto bremste. Ein drittes. Dann hielt ein Bus und eine Fußballmannschaft stieg aus.

Alle setzten sich auf den Boden und betrachteten glücklich die Blumen.

In den nächsten Tagen und Wochen blühten auf allen Straßen und Plätzen die herrlichsten und seltensten Pflanzen und Blumen.

Ringesöckchenblumen, grünes Fächergras, Papageienfederblumen, hellblaues Nasenkraut und überall die roten Amarilli, die Blumen der Liebe.

Die Menschen waren verzaubert, aber keiner wusste, wer die Blumen gepflanzt hatte.

Mehmet war inzwischen ein kräftiger junger Sportler und Torwart der Fußballmannschaft.

Er schaute immer wieder still auf den Platz und auf einmal rief er:

„Das waren die Regenwürmer! Sie haben die Blumen gepflanzt. Die Regenwürmer!"

Seine Sportkollegen lachten sich schief:
„Er hat sicher zu viele Bälle an den Kopf bekommen!“, spotteten sie.
„Nein, hier war der wunderbare Garten von meiner Omi!“
Alle wollten wissen, was Mehmet damit meinte.
Er erzählte ihnen von seiner Oma, der Bäuerin, und ihrem Wissen über Pflanzen , Tiere und dem Erdboden.
Und dass die Regenwürmer die „Eingeweide der Erde“ sind.
Jetzt hörten sie auf zu lachen und staunten nicht schlecht, was Mehmet alles über den Boden wusste.
Sie fingen an, den Teer von der Erde wegzukratzen.
Da sahen sie die vielen, vielen Regenwürmer!
Die aber kümmerten sich gar nicht um die Zuschauer und bohrten und wurmten weiter.
„Die Regenwürmer wollen uns aufmerksam machen, unsere Erde besser zu schützen“, sagten viele Menschen.
„Sie sind klüger als wir!“
Natürlich gefiel den Würmern, dass sie gelobt wurden, und summten leise ihr Regenwurmlied!
„Den Regenwürmern haben wir es zu verdanken“, meinten die Fußballer, „dass es bald wieder guten Rasen zum Fußball spielen gibt.“
„Das es wieder schön und bunt auf der Erde wird!“, sagten alle anderen Menschen.
Zum Dank errichteten sie den ersten Regenwurmspringbrunnen.
Über 77 Meter hoch und sein Wasser spritzte weit in den Himmel hinein.
Aber nur eine Nacht lang.

Als am nächsten Morgen viele Menschen kamen, um den Brunnen zu bewundern, sahen sie zum Erstaunen, dass ein Fußball oben auf der Wasserfontäne tanzte.
Die Fußballmannschaft hatte zum Dank den Regenwürmern ihren Fußball geschenkt. Alle hatten ihre Namen mit wasserfester Tinte draufgeschrieben.
Und nach oben geschossen hat ihn treffsicher Mehmet, der Torwart!
Neben dem Brunnen pflanzte Mehmet Blumen und später auch Gemüse und Bäume an. Er wurde wie seine Oma ein Gärtner der Erde.

Die Olympiade der Tänze und Tiere

Es war einmal ein langer, dünner Mann, der wanderte seit vielen Jahren von Ort zu Ort und erzählte Geschichten.
Eines Tages, es war an einem warmen Sommernachmittag, kam er in eine kleine Stadt. Dort ging er geradewegs zum Marktplatz, nahm eine alte Kuhglocke aus seinem Beutel und läutete sie so laut, dass es alle Bewohner hören konnten.
Dann rief er:
„Kommt her, ich will euch Geschichten erzählen! Ich werde von Geheimnissen berichten, die täglich um uns herum passieren! Hört und staunt über eine Olympiade, die bis heute noch kein Mensch gesehen hat. Es ist die Olympiade der Tänze und Tiere!“
„Was ist das, die Olympiade der Tänze und Tiere?“, fragte neugierig ein kleiner Junge.
„Das ist ein großes Fest. Tänze tanzen in einem Wettbewerb um den Sieg!“
„Das gibt's doch gar nicht!“, lachte der Junge den dünnen Mann ungläubig aus.
„Schau in den Himmel“, sprach der Mann, „siehst du die Wolken?“
Da drehte der kleine Junge seinen Kopf zum Himmel und antwortete:
„Ja, ich sehe sie, sie fliegen.“
„Beobachte, wie sie fliegen“, sagte der Mann.
Nun schauten beide zum Himmel.

„Was gibt's denn da zu sehen?", fragte eine Frau, die stehen geblieben war.
„Ach, sicher wieder eine fliegende Untertasse", antwortete gelangweilt eine andere.
„Sie meinen, Ufos überfallen die Erde?", fragte ängstlich ein Mann und schaute auch nach oben. Mehr und mehr Menschen blieben stehen und guckten in die Wolken. Auf einmal rief der kleine Junge:
„Die Wolken lachen ja! Sie springen vor Lachen am Himmel hin und her!"
„Sie tanzen!", sagte der Mann. „Die Wolken tanzen rund um die Erde.
Sie kommen von der Olympiade der Tänze und Tiere!"
„Erzähle uns davon!", baten die Wolkengucker.
Da nickte der Mann und erzählte:

Alle vier Jahre leuchtet der höchste Berg der Welt hell auf. Golden erstrahlt er im Licht der Morgensonne, weit über die Erde. An diesem Tag treffen sich Tiere und Tänze zu ihrem großen Fest, das hoch über den Wolken auf den goldleuchtenden Wiesen dieses riesigen Berges gefeiert wird. Es ist ein schönes Fest.
Ja, man kann sagen, es ist eine Olympiade der Tänze! Die Tiere wählen den besten, schönsten Tanz aus. Er wird dann das ganze nächste Jahre überall auf der Welt getanzt. Die Tänze kommen aus allen Himmelsrichtungen zum Berg. Manche sind lange unterwegs. Der Ringelreigen hat es besonders schwer, weil er sich immer im Kreise dreht. Nur wenn der Wind ihn schubst, macht er ein paar Hopser vorwärts.

Der feine Balletttanz dagegen, der in den großen Opernhäusern der Welt getanzt wird, jagt mit weiten Sprüngen durch die Luft. So schnell, dass der Wind nicht mithalten kann.
Der Säbeltanz kommt mit lautem Gerassel und Tschinbum weit aus dem Osten, während der Tango sich mit schmiegsamen Bewegungen vom Süden her nähert. Der Rock 'n' Roll tanzt vom Norden heran und der Walzer kommt aus Wien.
Bevor das Fest losgeht, probieren die Tänze ihre neuen Schritte. Aber ganz insgeheim, damit andere nicht spionieren können. Während die Tänze sich auf den Wettbewerb vorbereiten, erreichen langsam die Tiere den hohen Berg.

Es kommen:

Vögel, Katzen und Mäuse,
Rehe, Grillen und Läuse,
Ziegen, Pferde und Gänse,
ein Wildschwein und eine Gämse.
Es kommen ganz viele Hasen
gehoppelt über den Rasen.
Es springen zum Berg viele Affen,
es schreiten heran die Giraffen,
es kriechen die Regenwürmer
zum Berg wie die Gipfelstürmer.
Es eilen noch einige Hunde
und voll ist die Zuschauerrunde.

Die Tiere setzen sich auf die Wolken, die um den Berg schweben. Als sich die Wolkenplätze gefüllt haben, erreicht die Vorsitzende der Tanzprüfungskommission, die ehrenwerte alte, weise Tanzmaus Frau Margot Spring, den Berg.

Das Fest beginnt.

Fanfarenklänge ertönen! Fahnen werden geschwenkt und die Tänze schweben ins luftige Stadion.

Während sich die Tänze nach allen Seiten verneigen,
wiehern,
grunzen,
miauen,
bellen,
schnattern,
zirpen,
meckern
und piepsen die Tiere vor Aufregung und rutschen auf den Wolkenplätzen herum. Margot Spring tritt in die Mitte des Stadions, hebt den Mäuseschwanz, klopft damit dreimal gegen einen hohlen Baumstamm und ruft:

„Tiere der Welt! Das Fest der Lustigkeit, das Fest der Freude, das Fest des Tanzes ist eröffnet!“

Wieder fangen die Tiere an zu wiehern, grunzen und meckern und schnattern, bellen und miauen, aber vor Lachen.

Margot Spring fehlt ein Vorderzahn und sie lispelt dadurch sehr stark.Da beginnt der Wettbewerb.

Als Erster tanzt der Säbeltanz vor. Schnelle Schritte, fliegende Säbel, sie blinken in der Sonne. Ein verwirrendes Karussell von Sprüngen und Drehungen kann man sehen.

Die Tiere wagen kaum zu atmen. Als Zweiter kommt der Rock 'n' Roll! Sein peitschender Rhythmus reißt die Tiere von den Plätzen hoch. Sie tanzen mit, dass die Wolken anfangen zu wackeln.
„Sitzen bleiben!", tönt es durch die Trichter der Glockenblume, die als Lautsprecher dienen. Als Dritter wiegt und biegt sich der Tango mit geballter Kraft durchs Stadion. Einzelne Tiere umarmen sich und schmusen. Nun kommt der Wiener Walzer! Er lässt die Luft aufwirbeln, die Vögel steigen in den Himmel und tanzen mit.
Alle Tiere sind begeistert. Die Tänze werden immer wieder durch begeistertes Klatschen und Bravorufen angefeuert.
Der Nachmittag vergeht wie im Fluge. Als es dunkel wird, erhellen mehrere Hundertschaften von Glühwürmchen die Tanzfläche.

In dieses Zauberlicht springt der feine Balletttanz mit einem riesigen, weiten Sprung. Er landet auf einem Fuß und dreht sich so schnell wie ein Kreisel um sich selbst, dabei bewegt er seine Tanzarme elegant und anmutig, wie ein großer Vogel, von unten nach oben und wieder zurück! Die Tiere klatschen dass die Wolken wackeln.
Auf einmal wird es still.
Von Weitem hört man ein leises Summen. Es ist das Summen von Tausenden von Hummeln. Sie begleiten den Ringelreigen. Mit ruhigen Bewegungen dreht er sich in die Mitte des Stadions. An den Händen gefasst, dreht er seine Kreise in vollkommener Harmonie.
Die Glühwürmchen fliegen auf und küssen die Hummeln. Die Zuschauer sind wie verzaubert. Da ertönt die Schluss-

fanfare und die Tiere müssen sich entscheiden, welcher der beste Tanz ist! Er soll dann das ganze nächste Jahr überall getanzt werden.
Die Katzen miauen dem Tango zu, weil er so bieg- und schmiegsam ist und fangen an zu schnurren!
„Ach, das ist doch Unsinn!", schnattern die Gänse.
„Der Walzer war der Beste, er bewegt sich wie Schwäne im Frühjahr.
Das wollen wir auch gerne tanzen!"
„Nein, nein!", mümmeln die Hasen dazwischen, „der Rock 'n' Roll war viel besser, da wird man so richtig durchgeschüttelt! Er muss der Sieger werden!"
Aber schon kreischen die Vögel auf und stimmen für den feinen Balletttanz!
Die Regenwürmer, die bisher geschwiegen haben, erklären nun in ihrer typischen Wurmsprache:
„Der Gewinner ist der Säbeltanz! Der rüttelt und schüttelt so richtig durch! Unter der Erde ist nicht viel los, da möchte man gerne mal gerüttelt werden!"
Doch da springen die Affen von den Plätzen, fassen sich bei den Händen und tanzen den Ringelreigen. Diesmal fällt die Entscheidung schwer.
Alle wiehern,
grunzen,
miauen,
bellen,
schnattern,
zirpen,
meckern
und piepsen durcheinander!

Jeder wollte recht bekommen! Auf einmal steht Frau Margot Spring, die Tanzmaus, wieder in der Mitte des Stadions, klopft mit ihrem Mäuseschwanz auf den hohlen Baumstamm und ruft:
„Alle Tänze waren schön! Alle sollen gewonnen haben! Jeder soll so tanzen, wie er es für gut empfindet. Langsam oder schnell! Nur soll man sich dabei nicht so oft auf die Füße treten!“
Die Tiere sind über die Weisheit der Tanzmaus erstaunt. Alle sollen gewonnen haben? Tiere und Tänze schauen sich an!
Nach einer kurzen Überlegung beginnen sie zu klatschen.
„Bravo, bravo, Madame Spring! Ja, alle sollen gewinnen!“
Die Tänze schauen sich noch zögernd an. Langsam beginnen sie zu lächeln und fangen an zu tanzen. Das sieht sehr komisch aus, weil jeder Tanz einen anderen Rhythmus hat. Sie stolpern und purzeln durcheinander.
Und die Wolken, die das herrliche Tanzdurcheinander sehen, biegen sich vor Lachen und schweben vergnügt weiter.
„Deshalb springen die Wolken lachend am Himmel herum!“, rief der kleine Junge.
Da nickte der Geschichtenerzähler.
Er nahm seine alte Kuhglocke, läutete und rief:
„Das war die Geschichte von der Olympiade der Tänze und Tiere!“
Und er ging weiter!

Die Sonne oder das Gold?

Es war einmal ein Junge, der hieß Aljoscha. Eines Tages fand er im Garten einen Klumpen Metall. Als Aljoscha ihn in die Hand nahm und in das Licht hielt, leuchtete er golden auf. Er strahlte so hell wie die Sonne.

„Ich habe ein Stück Sonne gefunden!“, rief Aljoscha. „Ach, Quatsch!“, sagte der Vater. „Die Sonne leuchtet oben am Himmel.“ Er warf das Metall in hohem Bogen aus dem Garten.

„Was tust du?“, schimpfte seine Frau. „Das war sicher Gold!“ „Gold?“, fragte Aljoscha.

„Was ist das?“

„Oh, Gold“, sagte der Vater, „das ist ein sehr wertvolles Metall! Wer es besitzt, ist reich und kann sich alles auf der Welt kaufen.“

Alle drei liefen, um das Metall wieder zurückzuholen. Aber so lange sie auch suchten, der Klumpen Metall war wie vom Erdboden verschwunden.

Der Vater holte einen Spaten und fing an zu graben. „Was tust du?“, fragte Aljoscha. „Vielleicht gibt es hier unter der Erde Gold.“ „Können wir reich werden?“, fragte die Mutter neugierig.

„Wir müssen den Erdboden gründlich nach Gold absuchen!“, antwortete der Vater. Er begann wie ein Wilder zu graben.

„Wir werden reich, wir werden reich!“, rief Aljoscha begeistert und fing auch an zu suchen.

In der Zwischenzeit hatte sich die Mutter eine Schaufel

und ein großes Sieb besorgt. Sie begann die Erde nach Gold zu durchsieben. Jetzt arbeiteten alle drei! Wie besessen grub der Vater Tag und Nacht. Wie besessen schaufelte Aljoscha Erde in das Sieb, und wie besessen durchwühlte die Mutter jeden Erdklumpen. Aber so viel sie auch gruben, wühlten und suchten, kein Körnchen Gold war zu finden. „Es dauert zu lange, bis wir reich werden!", stöhnte die Mutter.

„Dann müssen Helfer her!", sagte der Vater. Er nahm alles Geld aus der Kasse und holte viele Arbeiter. Sie schürften die Erde fachgerecht auf. Immer größer wurde das umgegrabene Feld. Kein Baum, kein Strauch blieb mehr stehen. So vergingen Wochen und Monate, und die Sucherei wurde immer teurer, Aljoschas Vater musste das Wohnhaus verkaufen und zog in das kleine Gartenhaus.

„Wie wertvoll ist dieses Metall?", fragten die Arbeiter. „Sie verkaufen alles, und trotzdem arbeiten Sie Tag und Nacht weiter?"

„Wer Gold besitzt, hat seine eigene Sonne!", lachte Aljoscha.

„Er ist der mächtigste Mensch der Welt, wenn er es besitzt!", meinte der Vater.

„Gold macht schön!", sagte die Mutter. Als die Arbeiter das gehört hatten, schlichen sie davon. Sie fingen ebenfalls an, nach Gold zu graben, nun aber für sich selber. Doch ihnen erging es nicht anders. Sie suchten und suchten, verkauften ihr Hab und Gut, weil sie reich werden wollten, aber sie fanden kein Gold und wurden immer unglücklicher. Viele Menschen im Land hatte nun schon der Goldrausch ergriffen. Jeder wollte der Mächtigste werden. Jeder wollte seine eigene Sonne haben. So wurde die Erde immer mehr umgegraben und alles vernichtet. Die Zeit verging! Aljoscha war groß geworden. Er suchte nicht mehr mit. „Die Sonne ist für alle da!“, sagte er jetzt. Er machte lange Spaziergänge und freute sich über jede grüne Wiese. Er legte sich ins Gras und ließ sich von der Sonne wärmen. So geschah es, dass Aljoscha eines Tages im Gras einschlief und träumte. Im Traum spazierte er durch einen Wald. Majestätisch ragten die Bäume in den Himmel. Es roch nach Pilzen, und ab und zu schrie ein Käuzchen. Aljoscha lief tiefer in den Wald hinein, um das Käuzchen zu sehen. Da versperrten uralte Bäume ihm den Weg. Sie standen plötzlich um Aljoscha herum.

Es sah so aus, als rückten die Bäume immer näher.

Aljoscha bekam Angst. Er wollte weglaufen. Doch das ging nicht. Schwere, lange Äste hielten ihn gefangen. „Was wollt ihr von mir?“, rief Aljoscha erschrocken. „Habe keine Furcht, mein Kleiner!“, brummte die Buche mit tiefer Stimme. „Ich fürchte mich aber!“, schrie Aljoscha laut. Da fingen die Blätter aller Bäume an zu lachen. Es rauschte und lachte durch den ganzen Wald! Die Äste ließen Aljoscha vorsichtig wieder los. Der älteste Baum des Waldes verneigte sich vor ihm, es war eine Eiche. Mit ihrer tausendjährigen Stimme sprach sie zu Aljoscha:

„Wir bitten dich um Hilfe!“ „Warum, was ist geschehen?“, fragte er. „Wir haben Angst um unser Leben! Die Menschen holzen uns einfach ab. Täglich ganze Wälder! Wenn das so weitergeht ...?“ Die Eiche konnte nicht weiterreden, ihre alte Stimme versagte. „So schlimm wird das schon nicht werden!“, sagte Aljoscha.

Die Eiche bückte sich und zog mit einer Wurzel einen kleinen Spiegel tief aus dem Waldboden.
„Schau in den Spiegel", sagte die Eiche.
Aljoscha sah hinein, aber er sah sich nicht.
Im Spiegel erschien die Erde – wie von einem Raumschiff aus. Sie sah wie ein Ball aus, der durch das All flog. Aber die Erde leuchtete nicht mehr blau und grün wie früher. Man sah auch keine Bäume, keine Wiesen. Über den Städten lag Nebel, und aus Schornsteinen, die bis in den Himmel ragten, strömte gelber, giftiger Dampf. Zu viele Autos fuhren wie verrückt hin und her. Und die Menschen auf der Straße hatten einen Raumanzug an, weil die Luft vergiftet war. „Wo ist die Sonne?", rief Aljoscha laut. Da sprach die Eiche: „So wird die Welt bald aussehen! Die Menschen kümmern sich nicht um die Erde. Auf der Suche nach Macht und Gold zerstören sie alles." Dann schwieg die Eiche.
Der Spiegel verblasste, und Aljoscha sah sich selber. Sein Gesicht sah traurig aus. „Wie kann ich helfen?", rief er wütend. Die Bäume neigten sich, sie schauten auch traurig.
„Ich weiß nicht, was ich tun kann", meinte Aljoscha sehr ernst. Die Bäume unterhielten sich aufgeregt.
„Ruhe!", rief die Eiche, „wir müssen es ihm verraten!"
Alle schwiegen. „Was verraten?", fragte Aljoscha.
„Am Waldrand wächst eine besondere Pflanze", sagte die Eiche. „Sie besitzt Wunderkraft. Verstecke ein paar Blätter dieser Pflanze in der Kleidung deiner Eltern."
„Das soll euch und der Erde helfen?" Aljoscha schüttelte ungläubig den Kopf.
„Von einem geht's zum anderen! Man muss nur anfan-

gen!“ „Wo finde ich die Pflanze?“, fragte Aljoscha. „Am Waldrand vor eurem Garten. Bei Vollmond leuchten die Blätter der Pflanze hellgrün auf.“ Alle Bäume des Waldes bestätigten das Gesagte. „Geh jetzt!“, sagte die Eiche und schob Aljoscha mit ihren Ästen den Weg entlang. „Vergiss nicht, schon ein paar Blätter können Wunder bewirken.“ Die Bäume winkten ihm noch lange nach. Aljoscha wachte auf und lief nach Hause. Immer wieder dachte er an den Traum. Überall suchte er nach der Pflanze. Nichts war zu sehen. Doch eines Nachts, der Mond stand am Himmel, ganz groß, ganz rund, leuchtete tatsächlich am Waldrand eine wunderschöne Pflanze hellgrün auf. Aljoscha pflückte ein paar Blätter und steckte sie am nächsten Morgen in die Kleidung seiner Eltern.

Kaum waren sie angezogen, fingen sie an zu lächeln. Zum ersten Mal seit langer, langer Zeit lächelten sie wieder. Der Vater öffnete das kleine Fenster in der Hütte: „Ja, lass die frische Luft herein!“, sagte die Mutter.

Aber die Luft roch schwer, duftete nicht, und draußen sah alles grau aus. Kein Baum, kein Strauch stand mehr im Garten. „Wie schrecklich!“, jammerten beide. In dem Moment sprang Aljoscha in die Hütte und erzählte ihnen, was die Bäume gesagt hatten. Da hörten die Eltern auf, nach Gold zu graben. Sie gingen zu den Nachbarn, und diese gingen zu ihren Nachbarn und die wieder zu ihren. Und von diesem Tage an verbreitete sich das Geheimnis vom grünen Blatt nah am Herzen wie ein Lauffeuer von einem Menschen zum anderen. Die Erde wurde wieder grün. Man konnte in der Sonne liegen, das Wasser aus den Brunnen trinken und in den Flüssen mit den Fischen um

die Wette schwimmen. Wer alles für sich haben will, bleibt am Ende alleine. Gier macht einsam!
Die Sonne ist für alle Menschen, alle Tiere und alle Wesen auf unserer Erde da! Kannst du mir sagen, wem sie alleine gehört? Na?

Der König Ludwig und ich

In Wien gibt es einen riesengroßen Flohmarkt.
Ein Flohmarkt ist ein Platz, an dem man alles verkaufen und alles kaufen kann. Da gibt es alte Schuhe mit Löchern genauso wie die schönsten Kleider. Manchmal sieht man große Glaskugeln zum Wahrsagen oder findet Schlüssel, die so alt sind wie das älteste Gespensterschloss.
Eines Samstags, als ich auf dem Weg zum Autobus den Flohmarkt überquerte, fiel mir ein langer Stab mit einer Elfenbeinhand auf. „Was ist denn das?“, fragte ich.
„Nicht anfassen, das ist sehr wertvoll! Es gehörte dem König Ludwig von Frankreich!“
„Dem König von Frankreich? Das glaube ich nicht!“
„Damit hat er sich vor zweihundert Jahren das verklebte Parfümpuder vom Körper gekratzt. Das ist ein verlängerter Arm.“
„Ach was!“, staunte eine Frau. Der Händler fuchtelte mit dem Handstab herum und zeigte, wie man damit jede Stelle am Rücken erreichen kann. Er kam richtig in Schwung, und sein Mund quoll über: „Früher haben sich viele Menschen nicht gewaschen, das waren die Reichen, sie gingen auch nicht in die Sonne. Braun werden und den Körper mit Wasser benetzen, das taten nur die Armen. Die Adeligen überpuderten den Schmutz, und damit sie nicht rochen, schütteten sie Parfüm über sich. Ja und damit“, nun hob er, dass ihn alle sehen konnten, den Stab sehr hoch, „damit entfernten sie den Schmutz und manchmal sogar die Läuse.“

„Der König Ludwig soll geglitzert und geglänzt haben, aber wer in seine Nähe kam, au weh!“ Der Händler hielt sich die Nase zu. Weiter konnte ich nicht zuhören. Ich rannte zum Bus, es war höchste Zeit. Immer wieder dachte ich während der Fahrt an die Elfenbeinhand. Der Bus fuhr weiter. Als er wieder hielt, stieg eine Dame ein und setzte sich neben mich. Wir nickten uns zu, dabei verrutschte ihr kleines Hütchen. Sie nahm ihre Handtasche, knipste sie auf, holte einen kleinen Spiegel heraus, schob alles wieder gerade und schminkte sich die Lippen. Der Bus erreichte den Stadtrand. Auf einmal roch es ganz stark nach Misthaufen. Ein Bauer jauchte die Felder. Hui, das stank! Schon wieder nahm die Frau ihre Handtasche, knipste sie auf, kramte ein Parfümspray heraus und besprühte sich. Huiii, jetzt roch es durcheinander – wie parfümierter Misthaufen. Ich drehte mich zum Fenster und hielt mir die Nase zu. Der Bus holperte eine schmale Landstraße entlang. Die Schüttelei machte mich müde, ich schlief ein.

Als ich wieder zu mir kam, saß ich in einer Kutsche. Sie wurde von sechs weißen Pferden gezogen. Ihre Mähnen wehten im Wind, denn acht Lakaien trieben zur Eile. In der Kutsche saßen mir drei Männer mit weiß gepuderten Gesichtern, rot geschminkten Lippen und riesigen Perücken gegenüber. Sie sprachen ganz komisch:

„Eure Durchlaucht erlauben, dass wir untertänigst Ihre königliche Majästäääт auf die Ankunft im Schlosse der Königinmutter hochlöblichst geruhen aufmerksam zu machen und Eure Majästäääť bitten, die dem Empfang genehmen Vorbereitungen zu treffen.“

„Ich bin doch kein Durchlaucht, kein Schnittlauch! Ich bin der Erich“, lachte ich.
„Aber erlauchteste Durchlaucht, Majästäääät, es eilt die Zeit!“, hüstelten die drei Perückenmenschen.
„Ja, ja, ich werde mir Gesicht und Hände waschen, damit meine Mutter zufrieden ist“, sagte ich schnell, um Ruhe zu haben.
„Waschen, Wasser“, sie schüttelten sich wie Zitterpudding und murmelten: „Wasser, wie ordinär!“
Plötzlich fing ein Diener an, mir kiloweise Puder ins Gesicht zu blasen, während der zweite mich mit Parfüm bespritzte! „Halt, halt, hört sofort auf! Ich rieche ja wie Tante Inge! Halt, ich will mich lieber waschen!“, rief ich und wollte aufstehen. „Könige dürfen sich nicht waschen!“, sagte der dritte Diener und hielt mich fest, damit die anderen weiter an mir rumstauben und sprühen konnten. Ich bekam fast keine Luft mehr. Da gab es einen Ruck. „Waschmannsdorf“, rief der Busfahrer.
„Alles aussteigen, Endstation!“
Ich hatte alles nur geträumt.

Herr Riesenbauer

Als ich diese Geschichte erfahren hatte, war ich selbst noch jung.

Es war einmal ein Bauer. Er hieß Herr Riesenbauer, er hatte den größten Bauernhof weit und breit!
Sein Bauernhof war so groß wie zehn Fußballfelder. Eine „Bauernfabrik“ war es!
Dort lebten Kühe, Hühner, Pferde, Schweine, Hasen. Aber niemand, der an seinem Hof vorüberkam, konnte die Tiere sehen.
Die Kühe grasten nicht auf der grasgrünen Weide. Sie standen Tag und Nacht in einer langen, fensterlosen Halle, in kleinen, engen Ställen.
Auf einem Fließband kam Heu an ihre Mäuler gefahren und aus Röhren tropfte Tag und Nacht Wasser.
Aber wann Tag oder Nacht war, das bestimmte Herr Riesenbauer.
Computer schalteten helle Neonröhren ein und aus.
Er hatte Wissenschaftler gefragt, wie viel Tag und wie viel Nacht brauchen Tiere, damit sie mehr fressen und dann mehr Milch geben!
Den Hühnern ging es ebenso, sie pickten die Körner und Würmer nicht am Hof oder auf dem Misthaufen, nein, ihr Futter streuten computergesteuerte Maschinen ihnen direkt vor ihre Schnäbel.
Sie saßen zu Tausenden in ganz engen Käfigen.
Von oben kam das Futter und unter ihnen lief ein Lauf-

band und transportierte die frisch gelegten Eier in große Behälter.
Herr Riesenbauer kam jeden Morgen und Abend in die Ställe und kontrollierte, ob die Kühe mehr Milch und die Hühner mehr Eier gelegt hatten.
Wenn nicht, packte er die Kühe an den Hörnern und schrie:
„Los, du Rindvieh, friss und sauf,
damit ich recht viel Milch verkauf!"
Und zu den Hühnern ging er hin, riss und zauste an den Federn, dann schrie er ins Hühnerohr:
„Los, ihr Hennen pick, pick, pick,
und legt mehr Eier tausend Stück!"
Da bekamen es die Kühe und die Hühner mit der Angst zu tun. Die Kühe stopften sich die Mäuler und Bäuche voll Heu und tranken soviel wie möglich. Davon wurden ihre Euter prall und sie gaben immer mehr Milch!
Die Hühner pickten, bis die Schnäbel glühten, und schluckten den ganzen Tag Körner und legten ein Ei nach dem anderen.
Als Herr Riesenbauer am Abend nachschaute, war er zufrieden.
„Gut, gut, Kühe, weiter so!", und zu den Hühnern sagte er:
„Gut, ihr kommt noch nicht in die Hendlbraterei!"
Aber er merkte gar nicht, dass den Hühnern schon die Eierleglöcher wehtaten und den Kühen die Euter vom vielen Milchgeben!
Sie muhten nur noch ganz leise und die Hühner gackerten klagevoll.
In der Nacht, als Herr Riesenbauer das Milchgeld und die Eiergroschen zählte, fassten die Tiere einen Plan!

Ein altes Rindvieh muhte: „So kann das nicht weitergehen. Wir sind schon fast krank vom vielen Milchgeben!"
„Dog, dog, dog!", schrien die Hennen dazwischen.
„Ja, uns tun die Eierleglöcher weh vom vielen Eierlegen. So kann das nicht weitergehen!"
„Wir wollen raus auf den Hof, wir wollen herumrennen, am Misthaufen die Würmer picken!"
„Und ich will endlich wissen, wann es Tag oder Nacht wird, damit ich allen das laut zukrähen kann!", rief der Hahn.
Und schon hatte eine Kuh eine Idee und sprach: „Morgen früh geben wir Kühe die Milch in die Schüsseln, wo sonst die Eier gesammelt werden, und die Hühner legen ihre Eier in die Milchkannen! Da wird der Bauer schon begreifen, wie schlecht es uns geht."
Alle waren einverstanden!
Ganz in der Früh, bevor die Neonröhren alles hell machten, weckte sie der Hahn.
Die Hühner sprangen auf die Ränder der Milchkannen und legten ihre Früh-Eier!
Die Kühe muhten: „Aber wer melkt uns, die Melkmaschinen sind nicht angeschlossen!"
„Geht nur rüber zu den Eierschüsseln!", gackerten die Hennen.
Als die Kühe dort standen, flatterten viel Hennen zu den Kühen und streichelten zart ihre Euter und die Milch floss in Strömen.
Danach ging jeder zurück auf seinen Platz und alle machten ganz unschuldige Gesichter.
Als der Riesenbauer in den Stall kam und das sah, blieb

ihm der Mund offen stehen und es fielen lauter Nullen aus seinem Hirn!
„Was ist das?“, rief er, „meine Kühe legen Eier, meine Hühner geben Milch?“
Er rief den Tierarzt an: „Herr Tierarzt, kommen Sie schnell, meine Kühe legen Eier, meine Hühner geben Milch!“
Der Tierarzt fuhr so schnell er konnte zum Bauernhof und untersuchte die Euter der Kühe und schaute in die Eierleglöcher der Hühner! Dann blinzelte er den Tieren verständnisvoll zu und sagte:
„Herr Riesenbauer, Ihre Tiere müssen ganz schnell ins Freie. Sie sind fast krank! Wenn sie nicht auf den Hof und auf die Weide kommen, haben sie bald keine gesunden Eier und keine gesunde Milch mehr!“
Da erschrak der Bauer und nach eine Weile öffnete er die Ställe! Die Kühe rannten auf die grasgrüne Weide und muhten laut vor Vergnügen.
Die Hühner kratzten am Hof und Misthaufen und gackerten wie nur Hühner gackern vor Freude.
Seit dieser Zeit geht es auf diesem Bauernhof wieder tierischer zu!

Das war vor langer, langer Zeit, als mir die Geschichte erzählt wurde. Ich habe sie dann überall so oft erzählt, aber leider werden auch heute noch immer viele Tiere in Massentierhaltungen eingesperrt.
Als ich vor Kurzem einen Bauernhof besuchte und zu Hühnern in die Legebatterie ging, schaute mich ein Huhn an und gackerte ganz traurig.

Ich glaube, es wollte mir sagen:

Ich bin ein Huhn,
Ein armes, armes Huhn,
Hab viel zu viel
Ja nur zu tun.

Muss Eier legen Tag und Nacht,
Muss futtern bis nach Mitternacht,
Sitz in der Legebatterie,
Seh Hahn und Hof und Sonne nie.
Nur picken, schlucken allerwegen,
Hab keine Zeit, mich mehr zu pflegen,
Und würd so gern im Hof spazieren,
Dem stolzen Hahne imponieren.

Würd gern am Mist die Würmer picken,
Ließ mich vom Hahn sogar mal zwicken,
Doch ich seh Hahn und Misthauf nie,
Nur Kunstlicht um mich und Chemie.

Mein Eierlegloch ist schon wund,
Ach, könnt mich hör'n der Tierschutzbund!
Zu gackern hätt ich große Klag,
dass so ein Huhn nicht leben mag.

Ich bin ein Huhn,
Ein armes, armes Huhn,
Hab viel zu viel
Ja nur zu tun.

Ach, ließe man uns wieder frei,
viel besser schmeckt das Hühner-Ei!!

Hans kann nicht schlafen

Sonntag

Es war einmal ein Mann, der hieß Hans.
Hans konnte schlecht einschlafen.
„Du musst Schäfchen zählen", sagte seine Frau.
„So was Blödes", dachte Hans, „ich bin doch kein Schäfer."
Aber weil er seine Frau liebte, begann er Schäfchen zu zählen.
Ein Schaf, zwei Schafe, drei Schafe und noch ein Schaf und noch ein Schaf und ...
Hans zählte und zählte, doch einschlafen konnte er trotzdem nicht.
Seine Augen blieben offen und starrten an die Decke. Hans blieb hellwach, obwohl es Nacht und recht dunkel war.
Aus der Nachbarwohnung hörte er Herrn Lauthals schnarchen.
Hans klopfte an die Wand und rief: „Ruhe, ich kann nicht schlafen!"
Herr Lauthals schnarchte und schnarchte, es klang, als ob er einen ganzen Wald umsägte.
„Ich versuche es noch einmal", sagte Hans ganz laut zu sich.
„Ein Schaf, zwei Schafe, drei Schafe, vier, fünf, sechs, sieben Schafe, immer lauter zählte Hans.
Herr Lauthals wurde dadurch geweckt und klopfte an die Wand:
„Ruhe, ich kann nicht schlafen!", rief er.

Hans aber zählte laut weiter.
„Fünfzehn Schafe, sechzehn Schafe, siebzehn Schafe, achtzehn!“
Er drehte sich auf die Seite, und plötzlich sah er Schafe. Sie liefen direkt auf ihn zu. Schnell drehte er sich wieder um. Die Schafe liefen vorbei. „Das ist ja noch einmal gut gegangen!“, sagte er, und atmete erleichtert aus.
Auf einmal hörte er eine Stimme, die laut mitzählte: zwanzig Schafe, einundzwanzig Schafe, zweiundzwanzig ... Es war ein Schäfer. Er zählte seine Schafe.
Ein Schäfer zählt jeden Abend seine Schafe.
„Wie gut hat es doch ein Schäfer“, seufzte Hans, „er ist den ganzen Tag mit den Schafen an der frischen Luft und nachts blöken ihm seine Schafe ein Schlaflied.“
Ganz deutlich sah Hans den Schäfer auf seinem Strohbett einschlafen.
Im selben Moment kam der Schlaf zu Hans.
Das war am Sonntagabend.
Er schlief die ganze Nacht und hatte am Montag gute Laune.

Montag

Aber am Abend lag Hans wieder im Bett, war hellwach und konnte nicht einschlafen.
Da flog ihm ein Gedanke zu.
„Gestern“, sagte er zu sich, „als ich ganz fest an den Schäfer gedacht habe, bin ich eingeschlafen.“
„Heute denke ich an einen Bäcker.“
Hans drehte sich auf die Seite, schloss die Augen und dachte, was ein Bäcker vor dem Schlafengehen macht.

Ein Bäcker geht sehr früh am Abend schlafen, weil er ganz zeitig aufstehen muss, um Semmeln, Brot und viele Leckereien zu backen.
Die Menschen wollen ja auch ihre Semmeln ganz frisch zum Frühstück haben!
Nun dachte sich Hans aus, wie ein Bäcker einschläft.
Der Bäcker setzt am Nachmittag den Brotteig für den nächsten Tag an. Wenn der gegoren ist, knetet und rollt er ihn und formt runde oder gerade Teigfladen daraus.
Alles deckt er mit einem leinenen Tuch ab und legt sie auf lange Bretter.
Öffnet den Backofen, er ist noch warm vom Morgen.
Der Bäcker zieht ein spezielles Gewürznachthemd an und legt sich in den Backofen.
Er lässt aber die Ofentür auf, dann rollt er sich hin und her, der Kopf schaut raus und er schläft ein. Es duftet nach wunderbaren Kräutern. Der Bäcker träumt, er liegt auf einer warmen, duftenden Wiese!
Am nächsten Morgen wacht er sehr früh auf und backt sein Brot. Die Menschen stehen schon Schlange vor dem Bäckerladen. Alle wollen das Gewürzbrot kaufen.
Ganz deutlich sah Hans den Bäcker auf der Gewürzwiese schlafen.
Im selben Moment kam der Schlaf zu Hans.
Das war am Montagabend.
Er schlief die ganze Nacht und hatte am Dienstag gute Laune.

Dienstag

Am Dienstagabend dachte Hans an einen Polizisten und was er macht, um schnell einzuschlafen.

Der Polizist zieht sicher nachts eine spezielle Verteitigungs-Nahkampfuniform an.

Er kommt ins Schlafzimmer und ruft: „Hände hoch! Hier spricht die Polizei!"

Wenn sich niemand meldet, schaut er unters Bett und droht allen Mäusen mit dem Gummiknüppel.

Blitzschnell schaltet er das Blaulicht an und hebt die Bettdecke hoch. Wenn niemand darin liegt und alles sauber ist, geht er in eine Zimmerecke und beobachtet die Zimmertür.

Er schaltet das Blaulicht aus, legt die Hand an die Mütze und grüßt sich selbst. „Achtung, stillgestanden!", ruft er, „Gute Nacht, Paul!"

Dann schläft er im Stehen ein.

Ganz deutlich sah Hans den Polizisten in der Ecke stehen, die Eingangstür beobachten und einschlafen.

Im selben Moment kam der Schlaf zu Hans.

Das war am Dienstagabend.

Er schlief die ganze Nacht und hatte am Mittwoch gute Laune.

Mittwoch

Am Mittwochabend dachte Hans an eine Tänzerin.

Er war vor ein paar Tagen in der Oper gewesen und hatte das Ballett „Schwanensee" gesehen.

Die Frau, die den weißen Schwan tanzte, ging ihm nicht aus dem Kopf.

Eine Tänzerin tanzt sicher ins Schlafzimmer, dachte Hans. Dort macht sie große Sprünge und dreht sich so lange, bis die Tageskleidung vom Körper rutscht.
Sie öffnet ihren Schrank, zieht das Schwanenkostüm an, es besteht aus weißen Federn. Nun löst sie ihr Haar und springt mit einem großen Sprung mitten aufs Bett.
Da beginnt sie sich auf einem Bein zu drehen, sie dreht sich um sich selbst, immer schneller und schneller. Sie dreht so viele Pirouetten, bis sie sich durchs Bett hinuntergedreht hat und nur noch ihr schönes blondes Haar herausschaut. Dabei schläft sie ein.
Ganz deutlich sah Hans wie die Tänzerin sich in den Schlaf dreht.
Im selben Moment kam der Schlaf zu Hans.
Das war am Mittwochabend.
Er schlief die ganze Nacht und hatte am Donnerstag gute Laune.

Donnerstag

Am Donnerstagabend dachte Hans an einen Manager.
Was tut ein Manager, damit er nachts schlafen kann.
Ein Manager besitzt ein Smartphone, einen Flatscreen-TV, einen Computer, drei Handys, und zehn Festnetztelefone.
Am Abend schreibt er allen Firmenmitgliedern eine SMS oder eine E-Mail und befiehlt die Zeit, wann sie ins Bett zu gehen haben!
Schnell googelt er einen Lieferservice, bestellt übers Internet einen Schlaftrunk. Wenn der geliefert wird, nimmt er sein Smartphone, öffnet die App „codecheck“ und prüft den Saft, ob er gesund ist.

Dann schaut er auf seinem Flatscreen die neuesten Nachrichten an und auf dem Smartphone, wie das Wetter morgen wird. Messenger und Skype bleiben die ganze Nacht online, Safari oder Google auch. Er contactet WhatsApp, dann facebook und sieht alles, was seine Freunde schreiben. Er tippt mindestens 120 likes und 82 gefällt mir nicht! Macht ein paar Selfies, wie er müde gähnt, und stellt sie ins Netz, und dann gibt er auf der Homepage seinen Nachtplan bekannt:
Einschlafen 22:32, von 23.00 bis 23:40 von der Börse und Aktien träumen, ab null Uhr zähle ich mein Geld.
Von 2:10 bis 2:17 bin ich nicht erreichbar, weil ich dahin gehe, wo selbst ein Kaiser nicht gestört werden darf: aufs Klo!
Von 3:00 träume ich von meiner Familie und ab 4:00 Uhr stelle ich den morgigen Tagesplan zusammen. Dann werde ich ...
Hans hörte auf, an den Manager zu denken. Es machte ihn nervös. In dieser Nacht kam der Schlaf nicht zu Hans. Das war am Donnerstagabend.
Er schlief die ganze Nacht nicht und hat am Freitag keine gute Laune.

Freitag

Am Freitagabend dachte Hans an einen Flugzeugpiloten. Hans war schon ein paarmal geflogen und der Flugkapitän hatte ihn damals nach vorne ins Cockpit geholt. Das war sein schönstes Erlebnis. Seit dieser Zeit wünschte sich Hans, jeden Tag zu fliegen.
Ein Pilot kann jeden Tag hoch in den Himmel steigen.

Hans stellt sich vor, sein Pilot hat in jedem Land ein Bett. Er fliegt also jede Nacht in ein anderes Land.
Im Winter fliegt er nach Afrika, da ist es schön warm. Dort sucht er einen breiten Sandstrand am Meer.
Sein Flugzeug landet zwischen den Palmen. Dann holt er sich eine Kokosnuss vom Baum und trinkt ihren Saft.
Bevor die Sonne untergeht, sucht er eine große Muschel am Strand und legt seinen Kopf auf sie.
Während die Muschel ihm von den Fischen im Meer erzählt, schläft er ein.
Ganz deutlich sah Hans den Piloten unter Palmen am Meer schlafen.
In demselben Moment kam der Schlaf zu Hans.
Das war am Freitagabend
Er schlief die ganze Nacht, hatte schöne Träume und am Samstag hatte er besonders gute Laune.

Samstag

Am Samstagabend dachte Hans an eine Sonntags-Zuckerbäckerin.
Eine Sonntags-Zuckerbäckerin rührt den ganzen Samstag Zuckerbrei. Eidotter, Marzipan, Kakao, Nüsse, Rosinen und viel gute Gewürze kommen hinein. Natürlich auch Mehl, Milch und Butter.
Wenn alles verrührt ist, schlägt sie noch Eiklar und hebt den Schnee unter den Zuckerbrei. Nun gibt sie den Brei auf ein vorgeheiztes riesiges Backblech. Durch Hitze wird der Brei fester und die Zuckerbäckerin rollt und walkt ihn breit. Sie glättet ihn zu einer langen, breiten, süßen Zuckernaschdecke.

Inzwischen ist es Abend geworden und die Zuckerbäckerin will sich schlafen legen.
Sie zieht ein schönes Nachthemd an. Legt die duftende Zuckernaschdecke auf einen großen, breiten Tisch.
Nimmt eine kleine Schüssel mit Schokomasse und gießt damit lustige Figuren auf die Zuckernaschdecke. Macht schnell ein paar Fotos und geht zufrieden ins Bett.
Dort schläft sie sofort ein und träumt.
Im Traum zieht sie mit beiden Händen die leckere Schokoladen-Marzipan-Nussdecke nach oben zu ihrem Mund und beginnt langsam daran zu knabbern.
Es schmeckt ihr sehr gut, und erst wenn sie alles aufgegessen hat ...
Ganz deutlich sah Hans die Zuckerbäckerin genüsslich knabbern.
In dem Moment kam der Schlaf zu Hans.
Das war am Samstagabend.
Er schlief die ganze Nacht und hatte am Sonntag gute Laune.
Und immer wenn er das träumte, schmatzte er ganz leise dazu.
Am Sonntagmorgen weckte ihn seine Frau mit einer süßen Praline und Hans freute sich den ganzen Sonntag lang.
Aber am Abend dachte er an einen Schäfer, wie er seine Schafe ...

Ein Hase will die Welt kennen lernen

Es war einmal ein Hase, der die Welt kennen lernen wollte. Sp sprang er einfach nach Afrika. In Afrika traf er auf einen Löwen, der in der Sonne lag und gähnte. Der Hase sah das Gebiss des Löwen. „Hat der aber Riesenzähne!“, staunte er.

Die Löwenzähne waren gelb, groß und spitzig. Der Hase berührte mit einer Pfote die Zähne des Löwen, da wachte der Löwe auf und brüllte, dass die Erde erzitterte: „Wer wagt es meine Zähne zu berühren?“

Da entdeckte der Löwe den kleinen Hasen, der sich in einem Loch verkrochen hatte. „Was bist du für ein komisches Fell?“, rief der Löwe. „Ich – ich bin ein Hase!“, stotterte der Hase und er fragte den Löwen: „Was hast du für komische Zähne?“ „Komm‘ zeige mir erst deine Zähne“, sagte der Löwe, „ich will sehen, ob du stark bist!“

Da öffnete der kleine Löwe sein Maul und zeigte dem Löwen die Zähne. Als der Löwe die kleinen krummen Hasenzähne sah, musste er lachen. „Deine Zähne sind so klein wie Sandkörner“, sagte der Löwe, „ich wette du kannst nicht einmal ein junges Zebra fressen.“ „Nein“, antwortete der Hase, „ ich fresse nur Karotten und Gras.“ Da musste der Löwe noch mehr lachen, denn dass jemand nur Gras und Karotten fraß, kam ihm schon sehr komisch vor.

In diesem Augenblick kamen zwei Jäger hinter den Büschen hervor. Das Gebrüll des Löwen hatte sie angelockt. Blitzschnell warfen sie ein Netz über den Löwen und den Hasen.
„Wir haben zwei Tiere auf einem Streich gefangen!“, freuten sie sich. Der Löwe war furchtbar zornig, er brüllte, biss in die Luft und schlug mit seinen Pranken um sich. Aber er konnte sich nicht befreien. Der Hase saß ganz still im Netz und fürchtete sich. Die Jäger zerrten das Netz mit dem gefangenen Löwen und dem Hasen auf ein Auto und fuhren davon.

„Du bist schuld!“, schrie der Löwe den Hasen an, „wegen dir haben uns die Jäger gefangen. Weil ich mit dir Zwerg gesprochen habe. Ich hätte dich gleich fressen sollen!“ Und der Löwe packte den kleinen Hasen und wollte ihn in sein großes Maul stecken. „Halt“, rief der Hase in Todesangst, „ich weiß, wie man hier rauskommen!“ „Quatsch nicht“, schrie der Löwe, „doch“, rief der Hase und begann, mit seinen kleinen krummen Zähnen, an den Stricken des Netzes zu nagen und zu knabbern.
Der Hase knabberte und nagte ohne Pause, bis er ein Loch in das Netz gebissen hatte.

Der Löwe und der Hase sprangen vom Auto in die Steppenwüste ohne dass es die Jäger merkten. Sie waren wieder frei. „Ich muss jetzt rasch nach Hause“, sagte der Löwe, „meine Frau und meine Kinder haben Hunger!“ Und der Löwe lief davon. Der kleine Hase aber wusste nicht, wo er war, er hoppelte einfach dem Löwen nach.

Als der Löwe nach Hause kam, fragte die Löwin: „Wo warst du so lange? Ich habe Angst gehabt, die Jäger hätten dich gefangen."

Da sah der Löwe, dass seine Löwenkinder ein kleines Tier in ihren Pranken hielten und gerade verspeisen wollten. Es war der kleine Hase. „Lasst ihn frei", sagte der Löwe zu der Löwin und zu den Löwenkindern, „er hat mir das Leben gerettet!"

Die Löwin und die Löwenkinder lachten: „So ein winziges Tier hat dir das Leben gerettet?" „Ja", antwortete der Löwe, „mit seinen Zähnen." Und der Löwe erzählte, wie der kleine Hase das Netz der Jäger durchgenagt hatte.

Da ließen die Löwenkinder den Hasen frei. Und der Hase sagte zum Abschied: „Ich habe gesehen, Jäger gibt es überall, da springe ich lieber nach Hause. Da kenne ich mich wenigstens aus."

Und schon war er in der Weite der Steppe verschwunden.

Tak – Taak – Tak – Taak

Erschrocken drehte sich Janosch um:
„Tak – Taak – Tak – Taak!“
„Ich werde verfolgt!“, dachte er und bekam Angst. Ja, seit einigen Tagen wurde er verfolgt. Es stand eindeutig fest, jemand, den er nicht kannte, nie zu sehen bekam, verfolgte ihn.
Er ging schneller durch eine kleine winkelige Straße. Er wollte seinem Verfolger nun auch nicht gleich vor lauter Angst davon laufen. Aber! Je schneller er lief, um so schneller hörte er hinter sich:
„Tak – Taak – Tak – Taak.“
Immer wieder. Seit ein paar Tagen.
Er grübelte, wen hatte Janosch verärgert? Es konnte noch nicht lange her sein, denn erst seit er nach der Schule zu Fuß nach Hause ging, verfolgte ihn jemand.
Er musste zugeben, dass er doch ein wenig Angst hatte. Und ganz merkwürdig war, dass die Schritte hinter ihm genau im selben Tempo liefen. „Tak – Taak – Tak – Taak.“

Als er an der alten Backstube vorbei kam, saß Frau Milik an ihrem Fenster und lächelte ihm zu. Sie hatte vor nicht allzu langer Zeit wunderbares Brot und feinen Kuchen gebacken.
Von Weitem duftete es immer schon herrlich. Jetzt ist die Bäckerei geschlossen, das Brot und der Kuchen werden von einer Großbäckerei geliefert. Es roch auch nicht mehr nach den herrlichen Backwaren.

Janosch hatte sich beim Spielen letzte Woche an der großen Zehe verletzt und musste im Sommer mit einem Verband herumlaufen. Sein Fuß passte in keine Schuhe und so musste er Holzpantoffeln tragen. Das Gehen strengte ihn an und er wurde dabei bald müde.
Janosch setzte sich zu Frau Milik und lächelte zurück. Sie begoss mit einer kleinen Kanne ihre Fensterblumen. Er bemerkte, dass die „Tak – Taak – Tak – Taak"-Schritte aufgehört haben. Er wurde richtig wütend.
Warum zeigte sich sein Verfolger nicht?
Laut rief er: „He, komm raus, ich habe keine Angst vor dir!"
Frau Milik erschrak, die Kanne fiel ihr aus der Hand und schlug mit lautem Knall auf das Pflaster.
Janosch drehte sich blitzschnell um und rief noch einmal ganz laut: „Komm doch raus!" Er sah aber keinen Verfolger, nur die Gießkanne, wie sie auf das Pflaster knallte.
„PENG!" „Peng!", da war der Knall noch einmal nur nicht mehr so laut zu hören.
„Nanu", rief Janosch und hörte sich selber auch noch einmal, aber leiser „Nanu" sagen, obwohl er seinen Mund geschlossen hielt und nichts gesagt hatte. Frau Milik musste lachen, sie sagte:
„Janosch, das ist dein eigenes Echo."
„Mein Echo?", staunte Janosch.
„Ja, hör doch einmal!", Frau Milik rief ganz laut „Hallo!".
Es tönte zurück: „Allo, allo allo."
Jetzt fing auch Janosch an zu lachen.
Seit er die Zehe verletzt hat und einen Verband tragen muss, kam er in keinen Schuh und musste Holzpantoffeln

tragen. Ja, natürlich, das war das Echo seiner Holzpantoffeln und kein Verfolger. „Tak – Taak – Tak – Taak“, immer wieder spielte Janosch mit seinen eigenen Schritten. Einmal ging er ganz schnell und stoppte oder er schlurfte langsam dahin, er veränderte die Schrittlängen, so dass immer neue „Tak-Töne“ zu hören waren. Frau Milik sah ihm zu und fragte:
„Was machst du Janosch?“
„Ich spiele ECHO-GEHEN“.
„Echo-Gehen?“
Beide lachten herzlich.

Janosch lachte auch darüber, dass er doch tatsächlich vor sich selbst Angst gehabt hatte!

Ein Eisbär in der Schule

Es war einmal in einem Land, hoch oben im Norden, fast schon am Nordpol.
Dort spielten die Kinder gerne im Schnee. Und oft machten sie Schneeballschlachten, Schneebälle flogen durch die Luft und manchmal auch an den Kopf.
Dort lebte ein kleiner Junge, der hieß Josef.
Josef ging nicht gerne in die Schule.
Frühmorgens stand er immer spät auf und musste sich dann sehr beeilen. Doch so sehr er sich beeilte, er kam immer zu spät in die Schule.
Eines Morgens, er war wie immer spät dran, versperrte ihm ein großer, weißer Bär den Weg. Er hatte schon auf Josef gewartet.
Der Bär stand aufrecht vor ihm – er war fast drei Meter groß. Mit seinen dunklen Augen starrte er Josef an. Er brummte und zeigte dabei seine spitzen, weißen Zähne!
Sie waren so scharf wie Fleischspieße.
Er hob eine Pranke und sagte gefährlich laut:
„Ich werde dich fressen!“
„Oje!“, jammerte Josef und fing an zu heulen.
„Warte“, brummte der Bär, „ich bin noch nicht fertig. Ich werde dich fressen, wenn du mich nicht mit in deine Schule nimmst!“
Dabei zeigte er seine schöne, kleine blaue Zunge!
„Oje“, wiederholte der Junge.
„Ich darf das nicht! Unsere Lehrerin hat verboten, Haustiere mit in die Schule zu bringen.“

„Ich bin kein Haustier!“, brummte der Eisbär.
Josef sagte ganz schnell: „Entschuldigung!“
Der Bär überlegte eine Weile und sagte:
„Du kannst doch deiner Lehrerin sagen, dass du einen Freund mitgebracht hast! Los, lass uns gehen! Sonst frieren wir hier noch fest!“
Der kleine Junge hörte auf zu weinen, schaute den Eisbären streng an und sagte:
„Gut, aber du musst mir zwei Dinge versprechen:
Das Wichtigste von allem ist, du darfst niemanden essen!
Es ist nicht erlaubt!“
„Ich nehme an, brummen darf ich?“, fragte der Bär.
„Ich nehme an, das darfst du“, antwortete Josef.
„Darf ich auch brüllen?“
„Ist das wichtig für dich?“
„Ja!“, antwortete der Eisbär.
„Dann denke ich, du darfst das auch!“
„Und zweitens?“
„Du musst mich auf deinem Rücken reiten lassen, bis in die Schule.“
„Wird gemacht!“
Der Eisbär beugte sich runter auf seine vier Pfoten. Josef kletterte auf seinen Rücken.
„Halt dich an meinem Fell am Hals fest“, sagte er noch und rannte los.
Der Eisbär rannte so schnell er konnte über die schneeverwehten Wege, trotzdem kamen sie zu spät.
Als sie in die Klasse traten, rief die Lehrerin gerade alle Namen der Schüler auf.
Sie stoppte, als sie Josef und den Eisbären sah.

Sie starrte den Eisbären an.
Alle Schüler starrten die Lehrerin an.
Sie warteten, was die Lehrerin sagen würde.
„Josef", sprach sie: „Du weißt, dass es nicht erlaubt ist, Haustiere mit in die Schule zu bringen!"
Der Eisbär fing leise an zu brummen, mit dem Kopf zu wackeln und hob eine Pranke.
„Das ist kein Haustier", antwortete der kleine Junge schnell, das ist mein Freund, er wollte mit in die Schule!"
Die Lehrerin starrte immer noch auf den Eisbären, dann fragte sie: „Und wie heißt dein großer Freund?"
„Räbsie", sagte Josef. „Sein Name ist Räbsie!"
Er wusste, dass es besser war nicht zu sagen, dass es ein Eisbär war. Deshalb sagte er den Namen Eisbär einfach rückwärts, Räbsie – Eisbär!
Die Lehrerin schrieb Räbsie in ihre Liste und rief weiter die Namen der Schüler auf:
„Josef!"
„Hier!", rief der kleine Junge.
„Räbsie!"
„Hier!", brummte der Bär und öffnete dabei kaum seine Schnauze, damit die Lehrerin nicht seine Zähne, so scharf wie Fleischspieße, sehen konnte.
Der Bär setzte sich neben den Jungen, so brav und unschuldig, wie es nur ging. Er brummte nicht, er brüllte nicht und hielt auch seine Pranken ganz ruhig über den Bauch gekreuzt.
Den ganzen Morgen saß er auf seinem Stuhl, brav wie ein dicker Teddybär. Niemand sah seine Zähne, und er redete auch nur, wenn die Lehrerin ihn etwas fragte.

In der Pause zeigte der kleine Junge dem Eisbären, wie man Milch mit einem Strohhalm trinkt, und sagte:
„Das ist Milch. Milch macht die Zähne groß und stark!“
„Gut!“, antwortete der Eisbär. „Ich brauche kräftige Zähne, wenn ich Robben jage!“ Er trank die Milch ganz aus.
Dann gingen die beiden auch auf den Schulhof. Alle Kinder rutschten schon im Schnee oder bewarfen sich mit Schneebällen, nur der kleine Junge stand mit dem Eisbären abseits.
„Warum spielen wir nicht mit?“ fragte der Eisbär.
„Ich spiele nicht gerne“, antwortete Josef, „die großen Jungen sind so grob zu mir, werfen mir immer Schneebälle an den Kopf!“
Der Eisbär brummte: „Mich trauen sie nicht zu bewerfen!“
„Doch, es gibt einen Jungen, der haut auch alle. Sein Name ist Pjoter Rasputin.“
„Zeig ihn mir“, sagte der Eisbär.
Der kleine Junge streckte den Arm aus.
„Ah, das ist Pjoter Rasputin!“, brummte der Eisbär.
Josef nickte, aber da läutete es und die Pause war zu Ende.
Nach der Pause war Zeichnen und Rechnen an der Reihe.
Der Eisbär war schon mächtig hungrig und wollte malen, was es zu Mittag gibt.
„Was gibt es heute bei euch zu Mittag?“, fragte er. „Ich hoffe Polarfuchs und Robbenfleisch!“
„Nein, es gibt Spiegelei, Spinat und Kartoffelpüree.“
Der Eisbär verzog sein Gesicht: „Ich esse aber lieber Fleisch oder Fisch!“, brummelte er.
Trotzdem, als das Essen kam, aß er sehr schnell und

schlabberte sogar noch die Reste vom kleinen Jungen.
Danach gingen alle wieder zum Spielen in den Hof.
Nur der kleine Junge nicht, er stand ganz nah beim Eisbären.
Der stärkste und größte Junge, Pjoter Rasputin, kam immer näher und näher, plötzlich warf er einen Schneeball Josef hart an den Kopf.
„Au!", sagte Josef leise.
„Hau ja ab!", brummte der Eisbär. „Du hast sicher vor, meinen Freund zu ärgern und zu schlagen!"
„Sicher habe ich das vor, die feige kleine Memme aufzumischen!" Er hob seine Fäuste und drohte.
Da richtete sich der Eisbär auf, jetzt war er drei Meter groß. Er zeigte seine Zähne, spitz und scharf wie Fleischspieße.
Pjoter blieb stehen, angstvoll starrte er den riesigen Bären an.
Der Eisbär hob die Pranken, ging einen Schritt auf Pjoter zu und begann zu brüllen. Er brüllte und brüllte.
Alle Kinder hörten auf zu spielen.
Die Lehrer kamen angerannt, und der größte und stärkste Junge der ganzen Schule, Pjoter Rasputin, rief: „Mama, Mama!", drehte sich um und rannte und rannte davon. Durch das Schultor, die Straße entlang bis nach Hause zu seiner Mama ins Iglu.
Josef kam hinter dem Eisbären hervor:
„Ich denke, vor ihm brauche ich keine Angst mehr zu haben!", sagte er mutig.
„Ich war hungrig!", brummte der Eisbär, „ich hätte ihn ganz schnell fressen können. Aber ich hatte dir ja mein

Wort gegeben, es nicht zu tun!“
Josef blickte ihn streng an und sagte:
„Seine Mutter wäre damit auch nicht einverstanden gewesen.“
Die Schulglocke läutete.
„Komm, Zeit für die Nachmittagsschule!“
„Ich stehe nicht auf Nachmittagsschule!“, murmelte der Eisbär, drehte sich um und ging.
„Dann bis Montag“, rief der kleine Junge ihm nach.
Aber der Eisbär ging ohne zu antworten davon.
Am Montagmorgen war Josef schon ganz aufgeregt, früh aufgestanden und freute sich auf den Eisbären.
Aber der Eisbär war nicht da!
In der Klasse rief die Lehrerin die Namen auf, sie kam zu Josef.
„Hier!“, antwortete er.
„Räbsie?“, fragte die Lehrerin.
Niemand antwortete.
In der Pause kam der größte und stärkste Junge zu Josef.
„Wo ist dein riesiger Freund mit der lauten Stimme?“, fragte er ängstlich.
„Er ist heute nicht da!“, antwortete Josef mutig und laut.
„Ist es möglich, dass er an einem anderen Tag wiederkommt?“
„Es ist möglich, es ist sogar sehr leicht möglich, dass er wiederkommt.
Sei auf der Hut, Pjoter Rasputin!“

Das Nasenabenteuer

Die Geschichte von den drei fliegenden Nasen!

Ich möchte euch die Geschichte von den drei Nasen erzählen:

Von einer Knollennase, einer Breitnase und einer Hakennase.
Die drei Nasen lebten zusammen in einer kleinen Stadt unter einem großen Kissen und trauten sich tagsüber nicht mehr auf die Straße, denn überall wo sie spazieren gingen, wurden sie beschimpft.
Der Knollennase riefen sie hinterher:
„Säufernase, Trinkernase!"
Und hinter der Breitnase rief man :
„Das sieht aus wie eine Schlägernase!"
Und patsch! Manchmal bekam sie auch einen Schlag auf die Nase. „Aua!"
Und zur Hakennase sagten sie direkt auf die Nase – ins Gesicht:
„Na, na, na, das ist doch ein Fremder, was will diese Hakennase hier? So eine Nase haben doch nur Ausländer und die brauchen wir hier gar nicht."
So trauten sich die drei Nasen tagsüber nicht mehr auf die Straße.
Aber nachts!! Wenn es dunkel wurde, gingen sie zum Wind-Flughafen.
Der war vor der Stadt, ein riesengroßes Wiesenfeld, dort wehte immer Wind, dort gingen sie hin.

Sie stellten sich auf die Wiese, blähten ihre Nasenflügel auf, der Nachtwind kam von ganz oben und hob die drei Nasen in einem jähen Aufschwung hoch über die Stadt.
Sie jubelten und quietschten vor Vergnügen:
„Juuhuuu, juuhaaa, juuhiii!"
Die ganze Nacht kreisten sie über der Stadt.
Aber wenn der Tag graute, flogen sie schnell zurück und versteckten sich unter ihrem Kissen.

So ging das drei Wochen lang!
Dann sagte die Knollennase: „Mir fehlt schon sehr der Marktplatz. Ich sitze doch so gerne am Markt und rieche die Blumen. An ihrem Duft merke ich, ob sie noch frisch sind. Besonders mag ich die roten Lilien und ...!"
Aber jetzt fing die Breitnase auch zu jammern an: „Ja was meinst du denn, wie es mir geht? Ich sitze so gerne in der Sonne und liebe es, wenn die Sonnenstrahlen in meiner Nase kitzeln. Außerdem kann ich das Wetter vorhersagen, weil ich die Wolken immer beobachte!"
„Und ich sitze so gerne in einer Konditorei beim Erdbeerkuchen", murmelte traurig die Hakennase. „Hhmmm, am liebsten den ganzen Tag!"
Aber die drei trauten sich nicht mehr auf die Straße und jammerten: „Wir sind so hässlich! Wir werden immer verspottet!"
Doch dann hatten sie eine Idee.
Sie gingen zu einem Schönheitsarzt und der operierte ihnen für viel, viel Geld ihre alten Nasen heraus.
Ein Schnitt links, ein Schnitt rechts, schon waren die Nasenflügel weg, dann rollte er die Nasenrücken auf.

Verstaute alles in einem besonderen Arzt-Kühlschrank und nähte den drei Nasen schöne, gerade Plastiknasen an.
„Wow", riefen sie, als sie sich im Spiegel sahen.
„Wir haben wunderschöne weiße und gerade Nasen!"
Draußen schien die Sonne! Sie gingen spazieren und niemand verspottete sie mehr. Sie sprangen vor Freude herum.
Die ehemalige Knollennase rannte zu einem Blumenstand und freute sich schon auf den Duft der herrlichen Blumen. Aber?
„Ich kann nichts mehr riechen!", rief sie den anderen zu!
Sie probierte es bei vielen anderen Blumen auch.
Die Blumenverkäuferin wurde schon böse!
„Zerdrücken Sie mir nicht meine Blumen, sie Kunstnase!", schimpfte sie.
In der Zwischenzeit rannte die ehemalige Hakennase in eine Konditorei. Ganz nah zu einer Erdbeertorte.
Aber sie konnte den herrlichen Duft der frisch gebackenen Torte nicht mehr riechen. Sie ging immer näher heran.
„Weg da!", schimpfte der Verkäufer!
Und die ehemalige Breitnase suchte sich einen Sonnenstrahl, aber er kitzelte nicht!

Was war geschehen? Wieso?
Da wurden die drei Nasen sehr traurig!
Aber nachts, nachts gingen sie zum Wind-Flughafen.
Der Nachtwind kam von ganz oben.
Sie wollten ihre Nasenflügel aufblähen, aber es ging nicht, sie waren ganz steif, aus Plastik.

„Tut mir leid“, heulte der Nachtwind auf, „ich kann euch nicht in die Luft heben. Tuuut mir leid!“ Und er wehte wieder davon.
Da wurden die drei Nasen noch unglücklicher.
„Jetzt sehen wir zwar schön aus, aber wir können mit unseren Nasen ja gar nichts mehr anfangen“, weinte die ehemalige Knollennase.
„Ich kann das Wetter nicht mehr voraussagen!“, jammerte die ehemalige Breitnase.
Und die Hakennase sagte: „Wir können mit diesen Nasen nur gut aussehen, aber nichts anderes mehr.“
„Wenn wir doch unsere alten Nasen wiederhätten“, klagten sie.
„Ja, gut, aber was machen wir, wenn uns die Menschen wieder verspotten?“
„Dann niesen und rotzen wir die Schimpfer einfach an!“, sagte die ehemalige Breitnase ganz mutig!
„Jaa!“ Alle waren einverstanden.
Der Nachtwind hatte das gehört und kehrte zurück.
„Ich weiß Rat, ich kenne einen Zauberer aus dem Nasenland.“
Er rief ihn.
Und der Zauberer kam.
Er konnte seine Nase ausfahren, so lang, dass er jeden Ort auf der Welt damit erreichte.
Nun fuhr er die Nase aus! Sie wurde länger und länger und länger.
Und auf ihr ritt er einmal um die Erde, erreichte das Arztzimmer, ging in die Arztpraxis, öffnete den speziellen Kühlschrank, in dem die heraus-

operierten Nasenteile lagen, und schnupfte sie heraus, dann ritt er wieder einmal um die Erde.
Kam zu den drei Plastiknasen. Dreimal ging er um sie herum und murmelte:
„Aberakadaberum – Nasenrahm und Rotztum!"
Die Plastiknasen zerfielen zu Staub und mit Zauberspucke klebte er ihre alten Nasen wieder an.
Der Nachtwind hatte gewartet und freute sich, er wehte besonders stark und nahm sie wieder mit. Hoch über alle Häuser und Plätze flogen sie bis zum nächsten Morgen, und gleich danach gingen die Nasen in der Stadt spazieren. Am helllichten Tag!
Die Knollennase ging zum Marktplatz, suchte sich eine Rose aus und sagte: „Du bist meine schönste Blume und du duftest wunderbar!"
Die Hakennase ging zu einer Konditorei und sagte: „Du bist meine Erdbeertorte und ich bleibe hier sitzen, bis du verkauft wirst!"
Und die Breitnase suchte sich einen goldenen Sonnenstrahl:
„Du bist mein Sonnenstrahl!", rief sie.
Dieser kitzelte in der Nase, bis sie laut niesen musste: „Hatschi!"
Von dem Tag an waren die drei Nasen zufrieden, wie sie aussahen!
Da fragte der Erzähler: „Wer von euch ist besonders stolz auf seine Nase?"
Alle, die zugehört hatten, fassten sich plötzlich an die Nase und ... Ja, was würdet ihr machen?

Erich hat viele fremde Länder besucht

Der Kontakt mit den Kindern war ihm bei seinen Reisen immer wichtig. Er sang, spielte, lachte mit ihnen, hörte ihnen zu und erzählte ihnen Geschichten.

Über seine Reise nach Kambodscha erzählte Erich:
„Da war alles ganz anders, Kinder schauten mich auch dort an, aber viele ohne Lachen, ohne Weinen. Sie saßen mir gegenüber wie alte, hoffnungslose, nur noch auf den Tod wartende Erwachsene. Sie hatten in ihrem kurzen Leben viel mitgemacht, Spiele kannten sie nicht.
Ich möchte, dass wir versuchen, ihre Lage zu verstehen. Ich möchte, dass wir für ein menschenwürdiges Dasein aller Kinder kämpfen.

Das geht nur, wenn wir Fragen stellen!
Fragen stellen, warum den Kindern so viel angetan wird?“

In Kambodscha lernte Erich den 11-jährigen Wet kennen.

Wet

Mitten im Dschungel Kambodschas liegt
ANGKOR WAT,
die größte Tempelanlage der Welt.
Hier lebt Wet.
„Wir sind glücklich", strahlten die Eltern.
„Endlich gibt es wieder Kinder in Kambodscha!"
Zehn Jahre lang wurden hier kaum welche geboren, weil sie in den Lagern der Roten Khmer verhungert wären.
Oder man hatte sie den Eltern weggenommen.
Die Roten Khmer trainierten die Kinder zu schießwütigen Killermaschinen.
Die Kinder sind doch unsere Zukunft!
Wet ist elf Jahre alt.
Jeden Tag streifte er nach der Schule durch die über 800 Jahre alten Tempelbauten vergangenen Ruhmes.
Besonders liebte er den Bayontempel.
Von dessen gewaltigen Türmen steinerne Buddhagesichter in alle vier Himmelsrichtungen geheimnisvoll lächeln.
Wet fühlte sich hier immer geborgen.
Eines Tages verfolgte er einen bunten Vogel.
Er rannte aus dem Tempel, sprang von einer kleinen Mauer, und da war es geschehen.
Auf einmal ein Blitz.
Ein ohrenbetäubender Knall.
Wet war auf eine Mine gesprungen.

Seine Freunde eilten herbei.
Sie befreiten ihn.
Ein brennender Baumstamm lag auf seinem Oberschenkel. Vorsichtig hoben sie Wet hoch, er blutete stark. Die Mine hatte ihm den rechten Unterarm weggerissen.
Zu Hause versorgten die Eltern und alle Nachbarn die Wunden nach alten Hausrezepten.
Ein Krankenhaus gab es nicht.
Heute verkauft Wet den wenigen Touristen, die nach Kambodscha kommen, selbstgeschnitzte Andenken im Bayontempel.
Die Schule besucht er nicht mehr.
Er braucht Geld zum Überleben.

In Ecuador begegnete Erich dem Mädchen

Maria

Nein, Maria beklagte sich nicht. Mit ruhigen Bewegungen hob sie den Wassertank auf den Rücken, verknotete den Strick über der Brust und stieg die Steinstufen nach oben.

Sie musste sich sehr weit nach vorne beugen, um das-Gleichgewicht zu halten.

Der Tank wog vierzig Kilo, er war fast so schwer wie sie selbst.

Maria ist neun Jahre alt, wohnt in Achullai, einem kleinen Dorf in den Anden auf 4200 Meter Höhe.

Sie stammt von den Inkas ab, ist eine Quechua-Indianerin.

Heute leben die meisten Quechuas hier oben, am Rande der Welt. Marias Vater arbeitet als Taglöhner in der Stadt. Die Mutter und die beiden Kinder bestellen das schmale Feld und versorgen die Tiere.

Maria ist die Erste in ihrer Familie, die lesen und schreiben lernen darf.

Sie ist glücklich darüber. Es fällt ihr schwer, nach der anstrengenden Schule das Wasser zu schleppen. Jeden Tag bei Sonne oder Schnee.

Die Quelle liegt 800 Meter tiefer als das Dorf. Geld für eine Pumpe haben sie nicht. Trotzdem sind sie zufrieden, weil ein gemauertes Becken das kostbare Nass auffängt und somit den Wasserbedarf einigermaßen sichert. Also

sieht man jeden Tag eine wahre Völkerwanderung von Lastenträgern in der dünnen Luft, hoch in den Anden, Wasser schleppen wie vor hundert Jahren.
Darunter auch Maria.

In Ghana besuchte Erich auch ein kleines Dorf.

Ambuya und Atakoo

Ein Abend im Dschungeldorf.
Die untergehende Sonne schüttelte ihr ganzes Füllhorn von Farben an den Himmel.
Auf den Dorfwegen aber spritzte das Wasser.
Mit großen Schwämmen und viel Seife wuschen sich die Kinder vor ihren kleinen Häusern.
Es war die Stunde der täglichen Reinigung.
Bevor die Sonne untergeht, müssen sich alle gewaschen haben.
Die Kinder helfen einander.
Die großen den kleinen.
Endlich gibt es hier im Dorf einen Brunnen.
Das Wasser ist sauber und fließt reichlich.
In Kübeln, Töpfen und Schüsseln tragen sie das kostbare Nass auf dem Kopf balancierend heran.
Jeden Abend lachen und schreien die Kinder so laut, bis alle Erwachsenen ihnen beim Waschen zuschauen.
Nicht Ambuya und Atakoo.
Für sie kam der Brunnen zu spät.
Sie sind krank.
Noch vor ein paar Monaten mussten die Dorfbewohner das Wasser aus einem Tümpel schöpfen.
Das Wasser war verseucht.

© Herbert Neubauer / APA / picturedesk.com

„Ich spiele viele, sehr viele verschiedene Rollen: von der Klassik auf den renommiertesten Staatsbühnen und in kleinen Theatern, in Zirkussen, in Bali am Strand, bei Festivals, auf Straßen und auf Plätzen. Ich spiele vor Kindern und Erwachsenen.
Ich habe bereits als Kind für Kinder gespielt und habe es immer genossen. Meine erste Rolle war in den ‚Bremer Stadtmusikanten' und ich durfte den Hahn spielen, weil ich gut krähen konnte. Ich wollte überall, wo ich engagiert war, Kindervorstellungen anbieten. Das hat auch im Volkstheater funktioniert.
George Tabori, einer meiner Lebensmenschen, hat immer gesagt: ‚Erich, jetzt hast du wirklich genug für Kinder gemacht, jetzt lass es einmal gut sein.' Aber das kam für mich nie in Frage. Es hat mir immer so große Freude gemacht!"

Was ist schon die Wahrheit

Ein Spaziergang mit George Tabori

George Tabori, der Schriftsteller, der Regisseur, der Philosoph, mein Tutor – Jahrzehnte hat er mich geprägt.

In den späten 90ern des vorigen Jahrhunderts.
Es war ein heller, sonniger Herbsttag. Wir gingen spazieren.
„Wie geht es dir?", fragte mich der feine Herr Tabori.
„Ich lüge nicht mehr so viel!", antwortete ich.
Wir gingen weiter. Leichter Wind verfing sich in seinem Haar. George nahm seine Strickmütze, setzte sie auf. Dabei schaute er mich an, lächelte und sagte:
„Brauchst du das?"
„Ja, es ist besser so."
„Dann brauchst du es!"

In dieser Sekunde brachen viele meiner Erinnerungen auf! Ich bin mit meiner Mutter und meinem Bruder nach dem Bombenangriff im Februar 1945 aus dem noch brennenden Dresden nach Berka/Werra in Thüringen, in den Heimatort meiner Mutter, geflohen.
Eine kleine Dorf-Stadt, die später an der Grenze zu Westdeutschland lag und von der DDR zur 5-Kilometer-Sperrzone erklärt wurde. Man brauchte Stempel, Papiere, um hinaus- und hineinzukommen, und wurde ständig kontrolliert. Ich war acht Jahre alt. Eilte von zu Hause zur Schule. Meine Mutter rief mir hinterher:

„Denk daran, nichts sagen!"
Sie meinte damit: Vorsicht – bloß nicht verraten, was wir zu Hause reden.
Ich versprach es und schlitterte in eine Lüge.

Dieser kurze Weg veränderte mein Leben.
Die Schulzeit war für mich bis zur mittleren Reife, so nannte man in der DDR den Abschluss nach zehn Jahren Schule, eine Hölle. Nicht nur, weil ich später jeden Schultag von Berka/Werra bei Wind und Wetter, Kälte und Sturm, den Weg nach Gerstungen, wo die Oberschule war, drei Kilometer entfernt, über Pfade, Feldwege durch Wiesen, fast immer an dem elendigen 10-Meter-Todesstreifen, dem Friedenswall der Ostzone, an der Stacheldraht-Grenze zu Westdeutschland entlang, zurücklegen musste. Mal zu Fuß, meistens mit einem alten Fahrrad, das alle paar Tage zusammenbrach; erst später fuhren dort Busse. Nein, es war nicht das oft verregnete, dreckige Ankommen, das kahle Schulgebäude, der Mief der Ostzone, die täglichen Appelle auf dem Schulhof, die vielen unpersönlichen Lehrer.
Nein! Es war …
Das Lügen – die Lüge – die Verlogenheit!
Und die Angst!
Zu Hause redete man anders als in der Schule.
Man musste aufpassen, was man „wo" sagen durfte, also lügen lernen, sich spalten.
Viele Familien sahen zu Hause heimlich Westfernsehen, in der Schule gab es Fangfragen.
„Welche Waschmittel kennt ihr?"

Oftmals platzte einer unserer Schüler unüberlegt mit der Marke eines Westproduktes heraus.
In den nächsten Tagen bekam die Familie dezenten Besuch. Man baute ihnen die Fernsehkanäle, mit denen man das Westfernsehen empfangen konnte, aus, wenn nicht noch Schlimmeres passierte.

Nach der herzlich begrüßten Nazizeit wurde bei uns zu Hause die entstehende DDR komplett abgelehnt.
Von den „Schweinen" sprach man.
Viele, die damals glaubten (oder nicht glaubten), einen neuen Staat – die DDR – mit vielen Entbehrungen aufzubauen, behandelten anders denkende Bürger wie Verbrecher.

Später dann, 1959: Die Mauer in Berlin gab es noch nicht und man konnte einfach mit der S-Bahn dort vom Osten in den Westen fahren und wieder zurück. Welch ein Erlebnis!
Ich kam von meinem ersten Westberlin-Besuch zurück nach Leipzig, wo ich an der Theaterhochschule studierte. Mein ganzer Stolz waren ein Nylonhemd, eine Jeans und eine billige Plastik-Spiegelbrille.
Im Zug schwärmte ich von Westberlin.
Am Leipziger Hauptbahnhof kamen mir zwei Herren im schwarzen Ledermantel entgegen und sagten: „Gommense mal mit!"
Ich wurde in einen kahlen, kleinen Raum abgeführt.
Sie nahmen mir die Sachen weg und nannten mich „Wirtschaftsbetrüger".

Ich erinnere mich an so gut wie nichts, weiß heute kaum mehr ein Wort, das gefallen ist, war wie gelähmt.
In der Theaterhochschule wurde ich dann vorgeladen.
„Also, Erich, wir wollen noch mal von dem Einkauf in Westberlin absehen und sind zu dem Entschluss gekommen, dass du weiter hier studieren darfst, aber findest du nicht, dass es wichtig ist, den Friedenswall (der meistenteils mit Minen gespickt war), der uns vor den kapitalistischen Kriegstreibern schützt, zu errichten?
Dein jetziges Verhalten sagt uns nämlich etwas anderes!
Das heißt doch, du hast kein Vertrauen in unseren Staat, in die DDR?
Dann bist du auch gegen den Sozialismus.
Und wer gegen den Sozialismus ist, ist gegen die DDR.
Und die DDR ist ein Friedensstaat.
Also bist du für den Krieg!"
„Aber ich habe doch nur …", antwortete der neunzehnjährige Erich.
„Solche wie dich lassen wir auf unsere Kosten studieren!"
Und schon schimpften mich einige Jungköpfe: „Kapitalistensau!"
Man wurde zu einem Verbrecher, der für den Krieg ist.

Dabei bin ich so erzogen worden: „Wer wieder ein Gewehr in die Hand nimmt, dem soll der Arm abfaulen!"
Bis heute halte ich mich daran.
Also log man und hatte immer Angst!
Und schämte sich, eine andere Meinung zu haben.
Viele Schüler und Lehrer verstellten sich.
Währenddessen wurde in den 50ern nach Gründung der

DDR, die Sperrzone von unliebsamen Personen gesäubert.
Bauern in meinem Dorf erhängten sich oder schafften es gerade noch abzuhauen. Spektakulär – nachts über das Wehr der Werra in den rettenden Westen.

Mein Cousin Jürgen, er war auf dem Heimweg von der Schule, hatte gerade das Abitur bestanden, da hielt ein schwarzer Wagen an, man fragte: „Bist du der Jürgen H.?“ – Er bejahte, und schon wurde er im Wagen verstaut und man sah ihn nie wieder.
Auf alle Anfragen – bis an die höchsten Instanzen in der DDR – kam niemals eine Antwort.
Es wurde kurzer Prozess gemacht, damals, aber einen Prozess gab es nicht.
Die Familie war zerstört.
In den 1950ern, in der Stalin-Zeit, verschwanden viele Menschen, besonders aus Thüringen.
Später sagte mir das Rote Kreuz, als ich 1968 bei einem Gastspiel im Westen geblieben war, der Jürgen H. sei in Sibirien auf der Flucht erschossen worden.
Der Dorfjunge Jürgen soll Spion gewesen sein.
Das stimmte nicht!
Die Wahrheit war, er wurde verschleppt nach Moskau, dort mit vielen anderen in einem Keller erschossen.
Eine Tante von mir wachte – nach der geliebten Nazizeit – in der Stalinzeit auf und ging nicht mehr aus dem Haus.
Ging nicht auf die Straße, nicht in ihren Garten.
Betrat nie wieder die Erde.
„Mit diesen Schweinen will ich nichts zu tun haben!“

Sie verweigerte sich allem.
Sie verschwand langsam.
Als die Mauer fiel, war sie verwirrt.

All diese Gedanken schossen mir durch den Kopf, als George sagte: „Dann brauchst du es!"
Still gingen wir ein paar Schritte weiter.
George wiegte seinen Kopf und murmelte: „Aber was ist schon die Wahrheit."

Alt werden ist für mich erinnern.
Kindheit und Jugend kommen schmerzhaft immer näher.
Narben platzen auf. Bluten wie Albträume und lassen mich nachts nicht schlafen.
Die Messer der Angst flogen damals um mich, verletzten mich tief, der Bombenangriff auf Dresden, die Flucht vor den Fliegern am nächsten Tag, das Rennen in den Heimatort meiner Mutter, das Leben an der Grenze, am „Todesstreifen" zu Westdeutschland.
Die ständige Angst in der Ostzone, etwas Falsches zu sagen, zu tun oder zu nah an die Grenze zu gelangen, zu zeigen, was ich dachte, wie man sich fühlte, machten aus mir einen Flüchtling vor der Wahrheit.
Die Angst legte sich wie ein eisernes Band um mich.
Immer wenn es schwierig wurde, flüchtete ich, sagte nicht die Wahrheit.
Ich baute mir eine zweite Welt und lebte darin und träumte.
Die Wunden vernarbten.
Jetzt, kurz vor meinem achtzigsten Geburtstag, muss ich mich plötzlich vor mir selber verantworten.

Schöne Kindheit, schöne Jugend, schöne Schulzeit?
Die Angst wächst schon wieder!

Erich Schleyer war ein vielseitig begabter Mensch, der sich als Künstler keine Grenzen setzen ließ. Immer wieder stellte er sich neuen künstlerischen Herausforderungen und das mit großem Erfolg. Und so liest sich sein Leben wie eine künstlerische Reise, die ihn letztlich in seine Wahlheimat Wien geführt hat. Durch seine beruflichen Engagements, aber auch auf privaten Reisen lernte er viele unterschiedliche Länder kennen. Er war ein weltoffener, empathischer Mensch, der auch so manch enttäuschendes, trauriges Erlebnis zu verarbeiten hatte. Einsamkeit gehörte für ihn genauso zum Leben wie eine große Freude an Abenteuern. Seine Jugenderlebnisse in Ostdeutschland, in einem totalitären Regime, haben ihn sein ganzes Leben lang nicht losgelassen. Daher war es ihm mental nicht möglich, trotz mehrerer Versuche und Verlagsangebote, an einer Biografie über sich mitzuarbeiten. Mit den nachfolgenden Angaben über sein Leben sollen wesentliche Stationen des Ausnahmekünstlers, ohne Anspruch auf Vollständigkeit, festgehalten werden.

Erich Schleyers künstlerische Lebensreise

1. März 1940 geboren in Dresden
6. Juli 2021 gestorben in Wien
1941 Tod des Vaters in Russland
Februar 1945 nach dem Bombenangriff auf Dresden Flucht nach Berka/Werra, in die Heimatstadt der Mutter, gemeinsam mit der Mutter und dem Bruder
1958 Abitur an der Oberschule Gerstingen

Theater:

1958–1059 Bühnenarbeiter am Nationaltheater in Weimar
1959–1961 Theaterhochschule Leipzig mit Diplomabschluss
1961–1968 Engagements in den ostdeutschen Städten Greiz, Chemnitz (Karl-Marx-Stadt), Berlin (Maxim Gorki Theater)
1966 Chansonpreis vom Radio DDR
1968 Flucht in die Bundesrepublik Deutschland (während eines Gastspiels in Düsseldorf)
1968–1970 Engagement am Düsseldorfer Schauspielhaus
1970 Übersiedlung nach München
1970–1973 Engagements an Münchner Bühnen
1973–1976 Engagement am Thalia Theater in Hamburg unter Boy Gobert
1977–2021 Zweitwohnsitz in Wien.
Engagements: Staatsoper, Volksoper, Burgtheater, Akademietheater, Theater an der Wien, Volkstheater, Schauspielhaus, Raimundtheater, Kammerspiele, Muth, Akzent …, dazwischen Gastspiele bei den Salzburger Festspielen im *Jedermann*, bei den Bad Hersfelder

Festspielen, auf der Rosenburg, in Reichenau, in Zürich und im Stadttheater Klagenfurt.
18. Dezember 1983: Sensationeller Publikumserfolg als Frank N. Furter in *The Rocky Horror Show* unter der Regie von Michael Schottenberg im Schauspielhaus (Ltg. Hans Gratzer)

Filme, Fernsehspiele und Fernsehserien:
350 Rollen u. a. in *Kottan ermittelt, Tatort, Kaisermühlen Blues, Der Alte, Derrick, Kommissar Rex,* und in mehreren Märchenfilmen, wie *Dornröschen, Rumpelstilzchen*

Kinder-Fernsehsendungen:
als Gestalter, Drehbuchautor und Moderator
1974: *Clown und Co.* (80 Folgen)
1976–1981: *Das feuerrote Spielmobil* (27 Folgen)
1979: *Die rote Zora und ihre Bande* (13 Folgen)
1982–1992: *Erichs Chaos* (47 Folgen)
2005–2008: *Der schiefe Turm* (41 Folgen)

Fernseh-Dokumentationen:
im ORF u. a. über die Stadt, in der seine Jugend verbrachte: Berka/Werra (früher DDR)

Soloprogramme für Erwachsene und Kinder
u.a.: *Peter und der Wolf, Loriot, Grimms Märchen,* Lesungen aus Texten von Bert Brecht, Heinrich Heine, Erich Kästner, Friedrich Schiller *(Der Handschuh und andere Balladen)*, sehr oft begleitet und gefeiert vom kongenialen Musiker-Duo Sain Mus

Kinderbücher:

u. a.: *Die Katze Nora, Aber die Geschichte ist leider nicht von hier, Verschleyerte Geschichten, Olympiade der Tänze, Ringelrote Regenwürmer, Spirello*

Kinder-Hörbücher mit Musik:

u.a. *Die Rache der Natur, Das verloren gegangene Streicheln, Die Katze Nora*

Schreib- und Schauspiel-Workshops:

im In- und Ausland (u.a. Sommerakademie Zakynthos)

Fotograf:

Landschafts-, Portrait- und Kinderfotografien von seinen vielen Reisen
Ausstellungen in New York, München, Wien, Linz

Geschichtenerzähler:

unzählige Kinderveranstaltungen, u. a. in Klassenräumen, Theatersälen, Turn- und Festsälen, Sportplätzen, an Stränden und auf Marktplätzen

Auszeichnungen:

2002: Österreichisches Ehrenzeichen für Kunst und Wissenschaft
2005: Goldenes Verdienstzeichen des Landes Wien
2008: Buchmensch des Jahres
2011: Verleihung des Berufstitels Professor durch den Österreichischen Bundespräsidenten
2011: Goldenes Ehrenzeichen für Verdienste um das Land Wien

Geschichten zum Hören – mit Musik zum Downloaden

Texte: Erich Schleyer
Musik: Günther Radelmacher

Arrangiert und realisiert:
Günther Radelmacher
1988–1990

Günther Radelmacher war seit den späten 1980er Jahren der musikalische Wegbegleiter von Erich Schleyer. Sowohl bei der Fernsehsendung „Erichs Chaos“ (gemeinsam mit Adrian Manz und Karl Takats) als auch bei seinen vielen Konzerten und Liveauftritten für Kinder und Erwachsene kümmerte sich Günther Radelmacher als Keyboarder um den musikalischen Teil. In den vielen Jahren der gemeinsamen, freundschaftlichen Zusammenarbeit komponierte er sämtliche seiner Lieder sowie die Atmosphärenmusik für Erichs Märchen.

„Viel Spaß und schöne Erinnerungen an Erich mit dieser kleinen Auswahl an Musik und Märchen. Im Traum bleibt er immer bei uns.“

Günther Radelmacher

01) Die Katze Nora – 4,50 min.

02) Die Rache der Natur – 6,00 min.

03) Da hab’ ich nochmal Glück gehabt – 3,50 min.

04) Ein Kamel ruft nach Ali – 3,50 min.

05) Das verlorengegangene Streicheln – 4,00 min.

06) Der Traumteufel – 3,50 min.

07) Lügen haben kurze Beine – 3,00 min.

Scannen und Hören

Impressum:
ISBN 978-3-903989-31-3

Windmühlgasse 26, 1060 Wien

Herausgeber: Werner Brunner
Produktion: Ilse Helmreich
Layout und Covergestaltung: xl-graphic, Wien
Lektorat: Anke Weber
Illustrationen: Gerd Menia
Hörbuchproduktionen: Günther Radelmacher
Herstellungsort: Wien
Fotonachweis:
Cover und Seite 4: Gerhard Merceder,
S. 8: Robert Steiner,
S. 106: ©Herbert Neubauer/APA/picturedesk.com